莎士比亚全集·中文本（典藏版）

William Shakespeare: Complete Works

［英］威廉·莎士比亚（William Shakespeare）

辜正坤 主编 / 万明子 译

爱 的 徒 劳

Love's Labour's Lost

外语教学与研究出版社

北京

京权图字：01-2016-4997

图书在版编目（CIP）数据

爱的徒劳 ／（英）威廉·莎士比亚（William Shakespeare）著；万明子译.
北京：外语教学与研究出版社，2024.6. ——（莎士比亚全集 / 辜正坤主编）.
ISBN 978—7—5213—5331—0

Ⅰ. I561.33

中国国家版本馆 CIP 数据核字第 2024RQ0040 号

爱的徒劳

AI DE TULAO

出 版 人　王　芳
项目负责　邢印姝　郭芮萱
责任编辑　周渝毅
责任校对　宋锦霞
封面设计　张　潇
出版发行　外语教学与研究出版社
社　　址　北京市西三环北路 19 号（100089）
网　　址　https://www.fltrp.com
印　　刷　三河市北燕印装有限公司
开　　本　710×1000　1/16
印　　张　9.5
字　　数　152 千字
版　　次　2024 年 6 月第 1 版
印　　次　2024 年 6 月第 1 次印刷
书　　号　ISBN 978-7-5213-5331-0
定　　价　58.00 元

如有图书采购需求，图书内容或印刷装订等问题，侵权、盗版书籍等线索，请拨打以下电话或关注官方服务号：
客服电话：400 898 7008
官方服务号：微信搜索并关注公众号"外研社官方服务号"
外研社购书网址：https://fltrp.tmall.com

物料号：353310001

出版说明

　　1623 年，莎士比亚的演员同僚们倾注心血结集出版了历史上第一部《莎士比亚全集》——著名的第一对开本，这是三百多年来许多导演和演员最为钟爱的莎士比亚文本。2007 年，由英国皇家莎士比亚剧团（Royal Shakespeare Company）推出的《莎士比亚全集》，则是对第一对开本首次全面的修订。

　　本套《莎士比亚全集》新汉译本，正是依据当今莎学界最负声望的皇家版《莎士比亚全集》翻译而成。译本的凡例说明如下：

　　一、文体：剧文有诗体和散体之分。未及最右行末即转行的为诗体。文字连排、直至最右行末转行的，则为散体。

　　二、舞台提示：

　　1）角色的上场与下场及其他舞台提示以仿宋体排出，穿插于剧文中的舞台提示以圆括号进行标注，如：（对亨利王子）。

　　2）舞台提示中的特殊符号。译本所依据的皇家版《莎士比亚全集》的编辑者对舞台提示中的不确定情形以特殊符号予以标注，译本亦保留了这些符号：如（旁白？）表示某行剧文既可作为旁白，亦可当作对话；又如某个舞台活动置于箭头↓↓之间，表示它可发生在一场戏中的多个不同时刻。

　　三、脚注：脚注中除标注有"译者附注"字样的，均译自或改编自皇家版《莎士比亚全集》注释。脚注多为对剧文中背景知识及专名的解释，以使读者更好地理解剧情；亦包含部分与英文原文相关的脚注，以使读者在品味译者的佳文时，亦体验到英文原文的精妙。

　　四、文本：译本以第一对开本为蓝本，部分剧目中四开本与之明显相异的段落亦有译出，附于正文之后，供读者参考。

　　此《莎士比亚全集》新汉译本历经策划、翻译、编辑加工和印装等工序，各个环节的参与者均竭尽全力，力求完美，但由于水平、精力所限，难免有所错漏，敬请广大读者赐教指正。

外语教学与研究出版社

综合出版事业部

莎士比亚诗体重译集序

辜正坤

他非一代骚人，实属万古千秋。

这是英国大作家本·琼森（Ben Jonson）在第一部《莎士比亚全集》（*Mr. William Shakespeares Comedies, Histories, & Tragedies*, 1623）扉页上题诗中的诗行。三百多年来，莎士比亚在全球逐步成为一个家喻户晓的名字，似乎与这句预言在在呼应。但这并非偶然言中，有许多因素可以解释莎士比亚这一巨大的文化现象产生的必然性。最关键的，至少有下面几点。

首先，其作品内容具有惊人的多样性。世界上很难有第二个作家像莎士比亚这样能够驾驭如此广阔的题材。他的作品内容几乎无所不包，称得上英国社会的百科全书。帝王将相、走卒凡夫、才子佳人、恶棍屠夫……一切社会阶层都展现于他的笔底。从海上到陆地，从宫廷到民间，从国际到国内，从灵界到凡尘……笔锋所指，无处不至。悲剧、喜剧、历史剧、传奇剧，叙事诗、抒情诗……都成为他显示天才的文学样式。从哲理的韵味到浪漫的爱情，从盘根错节的叙述到一唱三叹的诗思，波涛汹涌的情怀，妙夺天工的笔触，凡开卷展读者，无不为之拊掌称绝。即使只从莎士比亚使用过的海量英语词汇来看，也令人产生仰之弥高的感觉。德国语言学家马克斯·缪勒（Max Müller）原以为莎士比亚使用过的词汇最多为 15,000 个，事后证明这当然是小看了语言大师的词汇储藏量。美国教授爱德华·霍尔登（Edward Holden）经过一番考察后，认为至少达 24,000 个。可是他哪里知道，这依然是一种低估。有学者甚至声称用电脑检索出莎士比亚用的词汇多达 43,566 个！当然，这些数据还不是莎士比亚作品之所以产生空前影响的关键因素。

其次，但也许是更重要的原因：他的作品具有极高的娱乐性。文学作品的生命力在于它能寓教于乐。莎士比亚的作品不是枯燥的说教，而是能够给予读者或观众极大艺术享受的娱乐性创造物，往往具有明显的煽情效果，有意刺激人的欲望。这种艺术取向当然不是纯粹为了娱乐而娱乐，掩藏在背后的是当时西方人强有力的人本主义精神，即用以人为本的价值观来对抗欧洲上千年来以神为本的宗教价值观。重欲望、重娱乐的人本主义倾向明显对重神灵、重禁欲的神本主义产生了极大的挑战。当然，莎士比亚的人本主义与中国古人所主张的人本主义有很大的区别。要而言之，前者在相当大的程度上肯定了人的本能欲望或原始欲望的正当性，而后者则主要强调以人的仁爱为本规范人类社会秩序的高尚的道德要求。二者都具有娱乐效果，但前者具有纵欲性或开放性娱乐效果，后者则具有节欲性或适度自律性娱乐效果。换句话说，对于 16、17 世纪的西方人来说，莎士比亚的作品暗中契合了试图挣脱过分禁欲的宗教教义的约束而走向个性解放的千百万西方人的娱乐追求，因此，它会取得巨大成功是势所必然的。

第三，时势造英雄。人类其实从来不缺善于煽情的作手或视野宏阔的巨匠，缺的常常是时势和机遇。莎士比亚的时代恰恰是英国文艺复兴思潮达到鼎盛的时代。禁欲千年之久的欧洲社会如堤坝围裹的宏湖，表面上浪静风平，其底层却汹涌着决堤的纵欲性暗流。一旦湖堤洞开，飞涛大浪呼卷而下，浩浩汤汤，汇作长河，而莎士比亚恰好是河面上乘势而起的弄潮儿，其迎合西方人情趣的精湛表演，遂赢得两岸雷鸣般的喝彩声。时势不光涵盖社会发展的总趋势，也牵连着别的因素。比如说，文学或文化理论界、政治意识形态对莎士比亚作品理解、阐释的多样性与莎士比亚作品本身内容的多样性产生相辅相成的效果。"说不尽的莎士比亚"成了西方学术界的口头禅。西方的每一种意识形态理论，尤其是文学理论，要想获得有效性，都势必会将阐释莎士比亚的作品作为试金石。17 世纪初的人文主义，18 世纪的启蒙主义，19 世纪的浪漫主义，20世纪的现实主义或批判现实主义，都不同程度地、选择性地把莎士比亚作品作为阐释其理论特点的例证。也许 17 世纪的古典主义曾经阻遏过西方人对莎士比亚作品的过度热情，但是 19 世纪的浪漫主义流派却把莎士比亚作品推崇到无以复加的崇高地位，莎士比亚俨然成了西方文学的神灵。20 世纪以来，西方资本主义阵营和社会主义阵营可以说在意识形态的各个方面都互相对立，势同水火，可是在对待莎士比亚的问题上，居然有着惊人的共识与默契。不用说，社会主义阵营的立场与社会主义理论的创始人马克思（Karl Marx）、恩格斯（Friedrich Engels）个人的审美情趣息息相关。马克思一家都是莎士比亚的粉丝；马克思称莎士比亚为"人类最伟大的天才之一，人类文学奥林波斯山上的宙斯"！他号召作家们要更加莎士比亚化。恩格斯甚至指出："单是《快乐的温莎巧妇》[1]的第一幕就比全部德国文学包含着更多的生活气息。"不用说，这些话多多少少有某种程度的文学性夸张，但对莎士比亚的崇高地位来说，却无疑产生了极大的推动作用。

第四，1623 年版《莎士比亚全集》奠定莎士比亚崇拜传统。这个版本即眼前译本所依据的皇家版《莎士比亚全集》（*The RSC William Shakespeare: Complete Works*, 2007）的主要内容。该版本产生于莎士比亚去世的第七年。莎士比亚的舞台同仁赫明奇（John Heminge）和康德尔（Henry Condell）整理出版了第一部莎士比亚戏剧集。当时的大学者、大

---

1 英文剧名为 The Merry Wives of Windsor，朱生豪先生译作《温莎的风流娘儿们》；重译本综合考虑剧情和英文书名，译作《快乐的温莎巧妇》。

作家本·琼森为之题诗，诗中写道："他非一代骚人，实属万古千秋。"这个调子奠定了莎士比亚偶像崇拜的传统。而这个传统一旦形成，后人就难以反抗。英国文学中的莎士比亚偶像崇拜传统已经形成了一种自我完善、自我调整、自我更新的机制。至少近两百年来，莎士比亚的文学成就已被宣传成世界文学的顶峰。

第五，现在署名"莎士比亚"的作品很可能不只是莎士比亚一个人的成果，而是凝聚了当时英国若干戏剧创作精英的团体努力。众多大作家的智慧浓缩在以"莎士比亚"为代号的作品集中，其成就的伟大性自然就获得了解释。当然，这最后一点只是莎士比亚研究界若干学者的研究性推测，远非定论。有的莎士比亚著作爱好者害怕一旦证明莎士比亚不是署名为"莎士比亚"的著作的作者，莎士比亚的著作便失去了价值，这完全是杞人忧天。道理很简单，人们即使证明了《红楼梦》的作者不是曹雪芹，或《三国演义》的作者不是罗贯中，也丝毫不影响这些作品的伟大价值。同理，人们即使证明了《莎士比亚全集》不是莎士比亚一个人创作的，也丝毫不会影响《莎士比亚全集》是世界文学中的伟大作品这个事实，反倒会更有力地证明这个事实，因为集体的智慧远胜于个人。

皇家版《莎士比亚全集》译本翻译总思路

横亘于前的这套新译本，是依据当今莎学界最负声望的皇家版《莎士比亚全集》进行翻译的，而皇家版又正是以本·琼森题过诗的1623年版《莎士比亚全集》为主要依据。

这套译本是在考察了中国现有的各种译本后，根据新的历史条件和新的翻译目的打造出来的。其总的翻译思路是本套译本主编会同外语教学与研究出版社的相关领导和责任编辑讨论的结果。总起来说，皇家版《莎士比亚全集》译本在翻译思路上主要遵循了以下几条：

1. 版本依据。如上所述，本版汉译本译文以英国皇家版《莎士比亚全集》为基本依据。但在翻译过程中，译者亦酌情参阅了其他版本，以增进对原作的理解。

2. 翻译内容包括：内页所含全部文字。例如作品介绍与评论、正文、注释等。

3. 注释处理问题。对于注释的处理：1）翻译时，如果正文译文已经将英文版某注释的基本含义较准确地表达出来了，则该注释即可取消；2）如果正文译文只是部分地将英文版对应注释的基本含义表达出来，则该注释可以视情况部分或全部保留；3）如果注释本身存疑，可以在保留原注的情况下，加入译者的新注。但是所加内容务必有理有据。

4. 翻译风格问题。对于风格的处理：1）在整体风格上，译文应该尽量逼肖原作整体风格，包括以诗体译诗体，以散体译散体；2）在具体的文字传输处理上，通常应该注重汉译本身的文字魅力，增强汉译本的可读性。不宜太白话，不宜太文言；文白用语，宜尽量自然得体。句子不要太绕，注意汉语自身表达的句法结构，尤其是其逻辑表达方式。意义的异化性不等于文字形式本身的异化性，因此要注意用汉语的归化性来传输、保留原作含义的异化性。朱生豪先生的译本语言流畅、可读性强，但可惜不是诗体，有违原作形式。当下译本是要在承传朱先生译本优点的基础上，根据新时代的读者审美趣味，取得新的进展。梁实秋先生等的译本，在达意的准确性上，比朱译有所进步，也是我们应该吸纳的优点。但是梁译文采不足，则须注意避其短。方平先生等的译本，也把莎士比亚翻译往前推进了一步，在进行大规模诗体翻译方面作出了宝贵的尝试，但是离真正的诗体尚有距离。此外，前此的所有译本对于莎士比亚原作的色情类用语都有程度不同的忽略，本套皇家版译本则尽力在此方面还原莎士比亚的本真状态（论述见后文）。其他还有一些译本，亦都应该受到我们的关注，处理原则类推。每种译本都有自己独特的东西。我们希望美的译文是这套译本的突出特点。

5. 借鉴他种汉译本问题。凡是我们曾经参考过的较好的译本，都在适当的地方加以注明，承认前辈译者的功绩。借鉴利用是完全必要的，但是要正大光明，避免暗中抄袭。

6. 具体翻译策略问题特别关键，下文将其单列进行陈述。

莎士比亚作品翻译领域大转折：真正的诗体译本

莎士比亚首先是一个诗人。莎士比亚的作品基本上都以诗体写成。因此，要想尽可能还原本真的莎士比亚，就必须将莎士比亚作品翻译成为诗体而不是散文，这在莎学界已经成为共识。但是紧接而来的问题是：什么叫诗体？或需要什么样的诗体？

按照我们的想法：1）所谓诗体，首先是措辞上的诗味必须尽可能浓郁；2）节奏上的诗味（包括分行）等要予以高度重视；3）结合中国人的审美习惯，剧文可以押韵，也可以不押韵。但不押韵的剧文首先要满足前两个要求。

本全集翻译原计划由笔者一个人来完成。但是，莎士比亚的创作具有惊人的多样性，其作品来源也明显具有莎士比亚时代若干其他作家与作品的痕迹，因此，完全由某一个译者翻译成一种风格，也许难免偏颇，难以和莎士比亚风格的多样性相呼应。所以，集众人的力量来完成大业，应该更加合理，更加具有可操作性。

具体说来，新时代提出了什么要求？简而言之，就是用真正的诗体翻译莎士比亚的诗体剧文。这个任务，是朱生豪先生无法完成的。朱先生说过，他在翻译莎士比亚作品时，"当然预备全部用散文译出，否则将要了我的命"。[1] 显然，朱先生也考虑过用诗体来翻译莎士比亚著作的问题，但是他的结论是：第一，靠单独一个人用诗体翻译《莎士比亚全集》是办不到的，会因此累死；第二，他用散文翻译也是不得已的办法，因为只有这样他才有可能在有生之年完成《莎士比亚全集》的翻译工作。

将《莎士比亚全集》翻译成诗体比翻译成散文体要难得多。难到什么程度呢？和朱生豪先生的翻译进度比较一下就知道了。朱先生翻译得最快的时候，一天可以翻译一万字。[2] 为什么会这么快？朱先生才华过人，这当然是一个因素，但关键因素是：他是用散文翻译的。用真正的诗体就不一样了。以笔者自己的体验，今日照样用散文翻译莎士比亚剧本，最快时也可达到每日一万字。这是因为今日的译者有比以前更完备的注释本和众多的前辈汉译本作参考，至少在理解原著时，要比朱先生当年省力得多，所以翻译速度上最高达到一万字是不难的。但是翻译成诗体就是另外一回事了。这比自己写诗还要难得多。写诗是自己随意发挥，译诗则必须按照别人的意思发挥，等于是戴着镣铐跳舞。笔者自己写诗，诗兴浓时，一天数百行都可以写得出来，但是翻译诗，一天只能是几十行，统计成字数，往往还不到一千字，最多只是朱生豪先生散文翻译速度的十分之一。梁实秋先生翻译《莎士比亚全集》用的也是散文，但是也花了37年，如果要翻译成真正的诗体，那么至少得370年！由此可见，真正的诗体《莎士比亚全集》汉译本的诞生，有多么艰难。此次笔者约稿的各位译者，都是用诗体翻译，并且都表示花费了大量的时间，

1　见朱生豪大约在 1936 年夏致宋清如信："今天下午，我试译了两页莎士比亚，还算顺利，不过恐怕终于不过是 Poor Stuff 而已。当然预备全部用散文译出，否则将要了我的命。"（《伉俪：朱生豪宋清如诗文选》下卷，中国青年出版社，2013 年，第 94 页）

2　朱生豪："今天因为提起了精神，却很兴奋，晚上译了六千字，今天一共译一万字。"（同上，第 101 页）

皇家版《莎士比亚全集》译本凝聚了诸位译者的多少努力，也就不言而喻了。

翻译诗体分辨：不是分了行就是真正的诗

　　主张将莎士比亚剧作翻译成诗体成了共识，但是什么才是诗体，却缺乏共识。在白话诗盛行的时代，许多人只是简单地认定分了行的文字就是诗这个概念。分行只是一个初级的现代诗要求，甚至不必是必然要求，因为有些称为诗的文字甚至连分行形式都没有。不过，在莎士比亚作品的翻译上，要让译文具有诗体的特征，首先是必定要分行的，因为莎士比亚原作本身就有严格的分行形式。这个不用多说。但是译文按莎士比亚的方式分了行，只是达到了一个初级的低标准。莎士比亚的剧文读起来像不像诗，还大有讲究。

　　卞之琳先生对此是颇有体会的。他的译本是分行式诗体，但是他自己也并不认为他译出的莎士比亚剧本就是真正的诗体译本。他说：读者阅读他的译本时，"如果……不感到是诗体，不妨就当散文读，就用散文标准来衡量"。[1] 这是一个诚实的译者说出的诚实话。不过，卞先生很谦虚，他有许多剧文其实读起来还是称得上诗体的。原因是什么？原因是他注意到了笔者上文提到的两点：第一，诗的措辞；第二，诗的节奏。只不过他迫于某些客观原因，并没有自始至终侧重这方面的追求而已。

　　显然，一些译本翻译了莎士比亚的剧文，在行数上靠近莎士比亚原作，措辞也还流畅。这些是不是就是理想的诗体莎士比亚译本呢？笔者认为，这还不够。什么是诗，对于中国人来说有几千年的历史，我们不

1　卞之琳:《莎士比亚悲剧四种》，方志出版社，2007 年，第 4 页。

能脱离这个悠久的传统来讨论这个问题。为此，我们不得不重新提到一些基本概念：什么是诗？什么是诗歌翻译？

诗歌是语言艺术，诗歌翻译也就必须是语言艺术

讨论诗歌翻译必须从讨论诗歌开始。

诗主情。诗言志。诚然。但诗歌首先应该是一种精妙的语言艺术。同理，诗歌的翻译也就不得不首先表现为同类精妙的语言艺术。若译者的语言平庸而无光彩，与原作的语言艺术程度差距太远，那就最多只是原诗含义的注释性文字，算不得真正的诗歌翻译。

那么，何谓诗歌的语言艺术？

无他，修辞造句、音韵格律一整套规矩而已。无规矩不成方圆，无限制难成大师。奥运会上所有的技能比赛，无不按照特定的规矩来显示参赛者高妙的技能。德国诗人歌德（Johann Wolfgang von Goethe）《自然和艺术》（"Natur und Kunst"）一诗最末两行亦彰扬此理：

非限制难见作手，

唯规矩予人自由。[1]

艺术家的"自由"，得心应手之谓也。诗歌既为语言艺术，自然就有一整套相应的语言艺术规则。诗人应用这套规则时，一旦达到得心应手的程度，那就是达到了真正成熟的境界。当然，规矩并非一点都不可打破，但只有能够将规矩使用到随心所欲而不逾矩的程度的人，才真正有资格去创立新规矩，丰富旧规矩。创新是在承传旧规则长处的基础上来进行的，而不是完全推翻旧规则，肆意妄为。事实证明，在语言艺术上

1　In der Beschränkung zeigt sich erst der Meister, / Und das Gesetz nur kann uns Freiheit geben. 参见 http://www.business-it.nl/files/7d413a5dca62fc735a072b16fbf050b1-27.php.

凡无视积淀千年的诗歌语言规则，随心所欲地巧立名目、乱行胡来者，永不可能在诗歌语言艺术上取得大的成就，所以歌德认为：

> 若徒有放任习性，
> 则永难至境遨游。[1]

诗歌语言艺术如此需要规则，如此不可放任不羁，诗歌的翻译自然也同样需要相类似的要求。这个要求就是笔者前面提出的主张：若原诗是精妙的语言艺术，则理论上说来，译诗也应是同类精妙的语言艺术。

但是，"同类"绝非"同样"。因为，由于原作和译作使用的语言载体不一样，其各自产生的语言艺术规则和效果也就各有各的特点，大多不可同样复制、照搬。所以译作的最高目标，是尽可能在译入语的语言艺术领域达到程度大致相近的语言艺术效果。这种大致相近的艺术效果程度可叫作"最佳近似度"。它实际上也就是一种翻译标准，只不过针对不同的文类，最佳近似度究竟在哪些因素方面可最佳程度地（并不一定是最大程度地）取得近似效果，不是一成不变的，而是具有高度的灵活性。不同的文类，甚至针对不同的受众，我们都可以设定不同的最佳近似度。这点在拙著《中西诗比较鉴赏与翻译理论》（清华大学出版社，2010 年）的相关章节中有详细的厘定，此不赘。

话与诗的关系：话不是诗

古人的口语本来就是白话，与现在的人说的口语是白话一个道理。

1　Vergebens werden ungebundene Geister / Nach der Vollendung reiner Höhe streben. 参 见 http://www.cosmiq.de/qa/show/3454062/Vergebens-werden-ungebundne-Geister-Nach-der-Vollendung-reiner-Hoehe-streben-Was-ist-die-Bedeutung-dieser-2-Verse-Ich-komm-nicht-drauf/t.

正因为白话太俗，不够文雅，古人慢慢将白话进行改进，使它更加规范、更加准确，并且用语更加丰富多彩，于是文言产生。在文言的基础上，还有更文的文字现象，那就是诗歌，于是诗歌产生。所以就诗歌而言，文言味实际上就是一种特殊的诗味。文言有浅近的文言，也有佶屈聱牙的文言。中国传统诗歌绝大多数是浅近的文言，但绝非口语、白话。诗中有话的因素，自不待言，但话的因素往往正是诗试图抑制的成分。

文言和诗歌的产生是低俗的口语进化到高雅、准确层次的标志。文言和诗歌的进一步发展使得语言的艺术性愈益增强。最终，文言和诗歌完成了艺术性语言的结晶化定型。这标志着古代文学和文学语言的伟大进步。《诗经》、楚辞、唐诗、宋词、元明戏曲，以及从先秦、汉、唐、宋、元至明清的散文等，都是中国语言艺术逐步登峰造极的明证。

人们往往忘记：话不是诗，诗是话的升华。话据说至少有**几十万年**的历史，而诗却只有**几千年**的历史。白话通过漫长的岁月才升华成了诗。因此，从理论上说，白话诗不是最好的诗，而只是低层次的、初级的诗。当一行文字写得不像是话时，它也许更像诗。"太阳落下山去了"是话，硬说它是诗，也只是平庸的诗，人人可为。而同样含义的"白日依山尽"不像是话，却是真正的诗，非一般人可为，只有诗人才写得出。它的语言表达方式与一般人的通用白话脱离开来了，实现了与通用语的偏离（deviation from the norm）。这里的通用语指人们天天使用的白话。试想把唐诗宋词译成白话，还有多少诗味剩下来？

谢谢古代先辈们一代又一代、不屈不挠的努力，话终于进化成了诗。

但是，20 世纪初一些激进的中国学者鼓荡起一场声势浩大的白话文运动。

客观说来，用白话文来书写、阅读自然科学和人文科学文献，例如哲学、政治学、伦理学、经济学等等文献，这都是**伟大的进步**。这个进步甚至可以上溯到八百多年前朱熹等大学者用白话体文章传输理学思想。对此笔者非常拥护，非常赞成。

但是约一百年前的白话诗运动却未免走向了极端，事实上是一种语言艺术方面的倒退行为。已经高度进化的诗词曲形式被强行要求返祖回归到三千多年前的类似白话的状态，已经高度语言艺术化了的诗被强行要求退化成话。艺术性相对较低的白话反倒成了正统，艺术性较高的诗反倒成了异端。其实，容许口语类白话诗和文言类诗并存，这才是正确的选择。但一些激进学者故意拔高白话地位，在诗歌创作领域搞成白话至上主义，这就走上了极端主义道路。

这个运动影响到诗歌翻译的结果是什么呢？结果是西方所有的大诗人，不论是古代的还是近代的，如荷马（Homer）、但丁（Dante）、莎士比亚、歌德、雨果（Victor Hugo）、普希金（Alexander Pushkin）……都莫名其妙地似乎用同一支笔写出了 20 世纪初才出现的味道几乎相同的白话文汉诗！

将产生这种极端性结果的原因再回推，我们会清楚地明白，当年的某些学者把文学艺术简单雷同于人文社会科学，误解了文学艺术，尤其是诗歌艺术的特殊性质，误以为诗就是话，混淆了诗与话的形式因素。

针对莎士比亚戏剧诗的翻译对策

由上可知，莎士比亚的剧文既然大多是格律诗，无论有韵无韵，它们都是诗，都有格律性。因此在汉译中，我们就有必要显示出它具有格律性，而这种格律性就是诗性。

问题在于，格律性是附着在语言形式上的；语言改变了，附着其上的格律性也就大多会消失。换句话说，格律大多不可复制或模仿，这就正如用钢琴弹不出二胡的效果，用古筝奏不出黑管的效果一样。但是，原作的内在旋律是可以模仿的，只是音色变了。原作的诗性是可以换个形式营造的，这就是利用汉语本身的语言特点营造出大略类似的语言艺术审美效果。

由于换了另外一种语言媒介，原作的语音美设计大多已经不能照搬、复制，甚至模拟了，那么我们就只好断然舍弃掉原作的许多语音美设计，而代之以译入语自身的语言艺术结构产生的语音美艺术设计。当然，原作的某些语音美设计还是可以尝试模拟保留的，但在通常的情况下，大多数的语音美已经不可能传输或复制了。

利用汉语本身的语音审美特点来营造莎士比亚诗歌的汉译语音审美效果，是莎士比亚作品翻译的一个有效途径。机械照搬原作的语音审美模式多半会失败，并且在大多数的场合下也没有必要。

具体说来，这就涉及翻译莎士比亚戏剧作品时该如何处理：1）节奏；2）韵律；3）措辞。笔者主张，在这三个方面，我们都可以适当借鉴利用中国古代词曲体的某些因素。戏剧剧文中的诗行一般都不宜多用单调的律诗和绝句体式。元明戏剧为什么没有采用前此盛行的五言或七言诗行而采用了长短错杂、众体皆备的词曲体？这是一种艺术形式发展的必然。元明曲体由于要更好更灵活地满足抒情、叙事、论理等诸多需要，故借用发展了词的形式，但不是纯粹的词，而是融入了民间语汇。词这种形式涵盖了一言、二言、三言、四言、五言、六言、七言、八言……乃至十多言的长短句式，因此利于表达变化莫测的情、事、理。从这个意义上看，莎士比亚剧文语言单位的参差不齐状态与中文词曲体句式的参差不齐状态正好有某种相互呼应的效果。

也许有人说，莎士比亚的剧文虽然是格律诗，但并不怎么押韵，因此汉诗翻译也就不必押韵。这个说法也有一定道理，但是道理并不充实。

首先，我们应该明白，既然莎士比亚的剧文是诗体，人们读到现今的散体译文或不押韵的分行译文却难以感受到其应有的诗歌风味，原因即在于其音乐性太弱。如果人们能够照搬莎士比亚素体诗所惯常用的音步效果及由此引起的措辞特点，当然更好。但事实上，原作的节奏效果是印欧语系语言本身的效果，换了一种语言，其效果就大多不能搬用了，所以我们只好利用汉语本身的优势来创造新的音乐美。这种音乐美很难说是原作的音乐美，但是它毕竟能够满足一点：即诗体剧文应该具有诗歌应有的音乐美这个起码要求。而汉译的押韵可以强化这种音乐美。

其次，莎士比亚的剧文不押韵是由诸多因素造成的。第一，属于印欧语系语言的英语在押韵方面存在先天的多音节不规则形式缺陷，导致押韵词汇范围相对较窄。所以对于英国诗人来说，很苦于押韵难工；莎士比亚的许多押韵体诗，例如十四行诗，在押韵方面都不很工整。其次，莎士比亚的剧文虽不押韵，却在节奏方面十分考究，这就弥补了音韵方面的不足。第三，莎士比亚的剧文几乎绝大多数是诗行，对于剧作者来说，每部长达两三千行的诗行行都要押韵，这是一个极大的挑战，很难完成。而一旦改用素体，剧作者便会轻松得多。但是，以上几点对于汉语译本则不是一个问题。汉语的词汇及语音构成方式决定了它天生就是一种有利于押韵的艺术性语言。汉语存在大量同韵字，押韵是一件很容易的事情。汉语的语音音调变化也比莎士比亚使用的英语的音调变化空间大一倍以上。汉语音调至少有四种（加上轻重变化可达六至八种），而英语的音调主要局限于轻重语调两种，所以存在于印欧语系文字诗歌中的频频押韵有时会产生的单调感，在汉语中会在很大程度上由于语调的多变而得到缓解。故汉语戏剧剧文在押韵方面有很大的潜在优势空间，实际上元明戏剧剧文频频押韵就是证明。

第三，莎士比亚的剧文虽然很多不押韵，但却具极强的节奏感。他惯用的格律多半是抑扬格五音步（iambic pentameter）诗行。如果我们在节奏方面难以传达原作的音美，或者可以通过韵律的音美来弥补节奏美的丧失，这种翻译对策谓之堤内损失堤外补，亦谓失之东隅，收之桑榆。我们的语言在某方面有缺陷，可以通过另一方面的优点来弥补。当然，笔者主张在一定程度上借鉴利用传统词曲的风味，却并不主张使用宋词、元曲式的严谨格律，而只是追求一种过分散文化和过分格律化之间的妥协状态。有韵但是不严格，要适当注意平仄，但不过多追求平仄效果及诗行的整齐与否；不必有太固定的建行形式，只是根据诗歌本身的内容和情绪赋予适当的节奏与韵式。在措辞上则保持与白话有一段距离，但是绝非佶屈聱牙的文言，而是趋近典雅、但普通读者也能读懂的语言。

最后，根据翻译标准多元互补论原理，由于莎士比亚作品在内容、形式及审美效应方面具有多样性，因此，只用一种类乎纯诗体译法来翻译所有的莎士比亚剧文，也是不完美的，因为单一的做法也许无形中堵塞了其他有益的审美趣味通道。因此，这套译本的译风虽然整体上强调诗化、诗味，但是在营造诗味的途径和程度上不是单一的。我们允许诗体译风的灵活性和创新性。多译者译法实际上也是在探索诗体译法的诸多可能性，这为我们将来进一步改进这套译本铺垫了一条较宽的道路。因此，译文从严格押韵、半押韵到不押韵的各个程度，译本都有涉猎。但是，无论是否押韵，其节奏和措辞应该总是富于诗意，这个要求则是统一的。这是我们对皇家版《莎士比亚全集》译本的语言和风格要求。不能说我们能完全达到这个目标，但我们是往这个方向努力的。正是这样的努力，使这套译本与前此译本有很大的差异，在一定的意义上来说，标志着中国莎士比亚著作翻译的一次大转折。

翻译突破：还原莎士比亚作品禁忌区域

另有一个课题是中国学者从前讨论得比较少的禁忌领域，即莎士比亚著作中的性描写现象。

　　许多西方学者认为，莎士比亚酷爱色情字眼，他的著作渗透着性描写、性暗示。只要有机会，他就总会在字里行间，用上与性相联系的双关语。西方人很早就搜罗莎士比亚著作的此类用语，编纂了莎士比亚淫秽用语词典。这类词典还不止一种。1995 年，我又看到弗朗基·鲁宾斯坦（Frankie Rubinstein）等编纂了《莎士比亚性双关语释义词典》（*A Dictionary of Shakespeare's Sexual Puns and Their Significance*），厚达372 页。

　　赤裸裸的性描写或过多的淫秽用语在传统中国文学作品中是受到非议的，尽管有《金瓶梅》这样被判为淫秽作品的文学现象，但是中国传统的主流舆论还是抑制这类作品的。莎士比亚的作品固然不是通常意义上的淫秽作品，但是它的大量实际用语确实有很强的色情味。这个极鲜明的特点恰恰被前此的所有汉译本故意掩盖或在无意中抹杀掉。莎士比亚的所有汉译者，尤其是像朱生豪先生这样的译者，显然不愿意中国读者看到莎士比亚的文笔有非常泼辣的大量使用性相关脏话的特点。这个特点多半都被巧妙地漏译或改译。于是出现一种怪现象，莎士比亚著作中有些大段的篇章变成汉语后，尽管读起来是通顺的，读者对这些话语却往往感到莫名其妙。以《罗密欧与朱丽叶》第一幕第一场前面的 30 行台词为例，这是凯普莱特家两个仆人山普孙与葛莱古里之间的淫秽对话。但是，读者阅读过去的汉译本时，很难看到他们是在说淫秽的脏话，甚至会认为这些对话只是仆人之间的胡话，没有什么意义。

　　不过，前此的译本对这类用语和描写的态度也并不完全一样，而是依据年代距离在逐步改变。朱生豪先生的译本对这些东西删除改动得最多，梁实秋先生已经有所保留，但还是有节制。方平先生等的译本保留得更多一些，但仍然持有相当的保留态度。此外，从英语的不同版本看，有的版本注释得明白，有的版本故意模糊，有的版本注释者自己也没有弄懂这些双关语，那就更别说中国译者了。

在这一点上，我们目前使用的皇家版《莎士比亚全集》是做得最好的。

那么，我们该怎样来翻译莎士比亚的这种用语呢？是迫于传统中国道德取向的习惯巧妙地回避，还是尽可能忠实地传达莎士比亚的本真用意？我们认为，前此的译本依据各自所处时代的中国人道德价值的接受状态，采用了相应的翻译对策，出现了某种程度的曲译，这是可以理解的，是特定历史条件下的产物。但是，历史在前进，中国人的道德观已经有了很大的改变，尤其是在性禁忌领域。说实话，无论我们怎样真实地还原莎士比亚著作中的性双关描写，比起当代文学作品中有时无所忌讳的淫秽描写来，莎士比亚还真是有小巫见大巫的感觉。换句话说，目前中国人在这方面的外来道德价值接受状态，已经完全可以接受莎士比亚著作中的性双关用语了。因此，我们的做法是尽可能真实还原莎士比亚性相关用语的现象。在通常的情况下，如果直译不能实现这种现象的传输，我们就采用注释。可以说，在这方面，目前这个版本是所有莎士比亚汉译本中做得最超前的。

译法示例

莎士比亚作品的文字具有多种风格，早期的、中期的和晚期的语言风格有明显区别，悲剧、喜剧、历史剧、十四行诗的语言风格也有区别。甚至同样是悲剧或喜剧，莎士比亚的语言风格往往也会很不相同。比如同样是属于悲剧，《罗密欧与朱丽叶》剧文中就常常有押韵的段落，而大悲剧《李尔王》却很少押韵；同样是喜剧，《威尼斯商人》是格律素体诗，而《快乐的温莎巧妇》却大多是散文体。

与此现象相应，我们的翻译当然也就有多种风格。虽然不完全一一对应，但我们有意避免将莎士比亚著作翻译成千篇一律的一种文体。从这个意义上说，皇家版《莎士比亚全集》汉译本在某些方面采用了全新的译法。这种全新译法不是孤立的一种译法，而是力求展示多种翻译风格、多种审美尝试。多样化为我们将来精益求精提供了相对更多的选择。如果现在固定为一种单一的风格，那么将来要想有新的突破，就困难了。概括说来，我们的多种翻译风格主要包括：1）有韵体诗词曲风味译法；2）有韵体现代文白融合译法；3）无韵体白话诗译法。下面依次选出若干相应风格的译例，供读者和有关方面品鉴。

一、有韵体诗词曲风味译法

有韵体诗词曲风味译法注意使用一些传统诗词曲中诗味比较浓郁的词汇，同时注意遣词不偏僻，节奏比较明快，音韵也比较和谐。但是，它们并不是严格意义上的传统诗词曲，只是带点诗词曲的风味而已。例如：

女巫甲　何时我等再相逢？
　　　　闪电雷鸣急雨中？
女巫乙　待到硝烟烽火静，
　　　　沙场成败见雌雄。
女巫丙　残阳犹挂在西空。　　　　　　　　（《麦克白》第一幕第一场）

小丑甲　当时年少爱风流，
　　　　有滋有味有甜头；
　　　　行乐哪管韶华逝，
　　　　天下柔情最销愁。　　　　　　　　　（《哈姆莱特》第五幕第一场）

朱丽叶 天未曙，罗郎，何苦别意匆忙？
鸟音啼，声声亮，惊骇罗郎心房。
休听作破晓云雀歌，只是夜莺唱，
石榴树间，夜夜有它设歌场。
信我，罗郎，端的只是夜莺轻唱。

罗密欧 不，是云雀报晓，不是莺歌，
看东方，无情朝阳，暗洒霞光，
流云万朵，镶嵌银带飘如浪。
星斗如烛，恰似残灯剩微芒，
欢乐白昼，悄然驻步雾嶂群岗。
奈何，我去也则生，留也必亡。

朱丽叶 听我言，天际微芒非破晓霞光，
只是金乌，吐射流星当空亮，
似明炬，今夜为郎，朗照边邦，
何愁它曼托瓦路，漫远悠长。
且稍待，正无须行色皇皇仓仓。

罗密欧 纵身陷人手，蒙斧钺加诛于刑场；
只要这勾留遂你愿，我欣然承当。
让我说，那天际灰朦，非黎明醒眼，
乃月神眉宇，幽幽映现，淡淡辉光；
那歌鸣亦非云雀之讴，哪怕它
嚣然振动于头上空冥，嘹亮高亢。
我巴不得栖身此地，永不他往。
来吧，死亡！倘朱丽叶愿遂此望。
如何，心肝？畅谈吧，趁夜色迷茫。

（《罗密欧与朱丽叶》第三幕第五场）

二、有韵体现代文白融合译法

有韵体现代文白融合译法的特点是：基本押韵，措辞上白话与文言尽量能够水乳交融；充分利用诗歌的现代节奏感，俾便能够念起来朗朗上口。例如：

哈姆莱特 死，还是生？这才是问题根本：

莫道是苦海无涯，但操戈奋进，

终赢得一片清平；或默对逆运，

忍受它箭石交攻，敢问，

两番选择，何为上乘？

死灭，睡也，倘借得长眠

可治心伤，愈千万肉身苦痛痕，

则岂非美境，人所追寻？死，睡也，

睡中或有梦魇生，唉，症结在此；

倘能撒手这碌碌凡尘，长入死梦，

又谁知梦境何形？念及此忧，

不由人踌躇难定：这满腹疑情

竟使人苟延年命，忍对苦难平生。

假如借短刀一柄，即可解脱身心，

谁甘愿受人世的鞭挞与讥评，

强权者的威压，傲慢者的骄横，

失恋的痛楚，法律的耽延，

官吏的暴虐，甚或默受小人

对贤德者肆意拳脚加身？

谁又愿肩负这如许重担，

流汗、呻吟，疲于奔命，

倘非对死后的处境心存疑云，

惧那未经发现的国土从古至今
无孤旅归来，意志的迷惘
使我辈宁愿忍受现世的忧闷，
而不敢飞身投向未知的苦境？
前瞻后顾使我们全成懦夫，
于是，本色天然的决断决行，
罩上了一层思想的惨淡余阴，
只可惜诸多待举的宏图大业，
竟因此如逝水忽然转向而行，
失掉行动的名分。　　　　（《哈姆莱特》第三幕第一场）

麦克白　若做了便是了，则快了便是好。
若暗下毒手却能横超果报，
割人首级却赢得绝世功高，
则一击得手便大功告成，
千了百了，那么此际此宵，
身处时间之海的沙滩、岸畔，
何管它来世风险逍遥。但这种事，
现世永远有裁判的公道：
教人杀戮之策者，必受杀戮之报；
给别人下毒者，自有公平正义之手
让下毒者自食盘中毒肴。　　（《麦克白》第一幕第七场）

损神，耗精，愧煞了浪子风流，
都只为纵欲眠花卧柳，
阴谋，好杀，赌假咒，坏事做到头；

心毒手狠，野蛮粗暴，背信弃义不知羞。

才尝得云雨乐，转眼意趣休。

舍命追求，一到手，没来由

便厌腻个透。呀恰，恰像是钓钩，

但吞香饵，管教你六神无主不自由。

求时疯狂，得时也疯狂，

曾有，现有，还想有，要玩总玩不够。

适才是甜头，转瞬成苦头。

求欢同枕前，梦破云雨后。

唉，普天下谁不知这般儿歹症候，

却避不得便往这通阴曹的天堂路儿上走！

（十四行诗第一百二十九首）

三、无韵体白话诗译法

无韵体白话诗译法的特点是：虽然不押韵，但是译文有很明显的和谐节奏，措辞畅达，有诗味，明显不是普通的口语。例如：

贡妮芮　父亲，我爱您非语言所能表达；

胜过自己的眼睛、天地、自由；

超乎世上的财富或珍宝；犹如

德貌双全、康强、荣誉的生命。

子女献爱，父亲见爱，至多如此；

这种爱使言语贫乏，谈吐空虚：

超过这一切的比拟——我爱您。（《李尔王》第一幕第一场）

李尔　国王要跟康沃尔说话，慈爱的父亲

要跟他女儿说话，命令、等候他们服侍。

这话通禀他们了吗？我的气血都飙起来了！
火爆？火爆公爵？去告诉那烈性公爵——
不，还是别急：也许他是真不舒服。
人病了，常会疏忽健康时应尽的
责任。身子受折磨，
逼着头脑跟它受苦，
人就不由自主了。我要忍耐，
不再顺着我过度的轻率任性，
把难受病人偶然的发作，错认是
健康人的行为。我的王权废掉算了！
为什么要他坐在这里？这种行为
使我相信公爵夫妇不来见我
是伎俩。把我的仆人放出来。
去跟公爵夫妇讲，我要跟他们说话，
现在就要。叫他们出来听我说，
不然我要在他们房门前打起鼓来，
不让他们好睡。　　　　　　（《李尔王》第二幕第二场）

奥瑟罗　　诸位德高望重的大人，
　　　　　我崇敬无比的主子，
　　　　　我带走了这位元老的女儿，
　　　　　这是真的；真的，我和她结了婚，说到底，
　　　　　这就是我最大的罪状，再也没有什么罪名
　　　　　可以加到我头上了。我虽然
　　　　　说话粗鲁，不会花言巧语，
　　　　　但是七年来我用尽了双臂之力，

直到九个月前，我一直
都在战场上拼死拼活，
所以对于这个世界，我只知道
冲锋向前，不敢退缩落后，
也不会用漂亮的字眼来掩饰
不漂亮的行为。不过，如果诸位愿意耐心听听，
我也可以把我没有化装掩盖的全部过程，
一五一十地摆到诸位面前，接受批判：
我绝没有用过什么迷魂汤药、魔法妖术，
还有什么歪门邪道——反正我得到他的女儿，
全用不着这一套。　　　　　（《奥瑟罗》第一幕第三场）

目　录

《爱的徒劳》导言

  《爱的徒劳》专供莎剧的行家鉴赏。它是一场言辞诡辩的盛宴，主题则是言辞诡辩的局限。它充满诗意——又嘲弄诗歌。它那荒唐的学究腔调要么滑稽可笑，要么玄奥难懂，这全凭听众的气质决定。其中的一些插科打诨和语带双关如今已是晦涩难懂，现代观众时常感觉自己处在德尔的境地，迷惑不解地听着别人编排他们的戏码——"来吧，德尔老兄！"霍罗福尼斯如是说，"您到现在还没开腔呢。"对此，这名淳朴的巡丁回应道："我一句话也没听懂，先生。"

  该剧是宫廷中那些城府深重的观众的心头爱——很可能伊丽莎白女王（Queen Elizabeth）本人就不仅会为公主的权柄、智谋和猎技叫好，更要为男侍臣巧妙辞令中"云山雾绕的修辞"称奇，还要给霍罗福尼斯和唐·亚马多二位的繁复学院式幽默鼓掌。至于那些进剧场看戏的普通观众——剧中所称的"凡夫俗子"，他们的反应则可能更像德尔。如此看来，《爱的徒劳》在 18、19 世纪成为莎剧中最少上演的剧目，也就不足为奇了。它那极简的情节、智者的严谨和建筑式的对称令其成为与大众剧场相去甚远的类型——或许它更像启蒙时期的喜歌剧（*opera buffa*）。事实上，本剧确实与莫扎特（Mozart）和达·蓬特（Da Ponte）的《女人心》（*Così fan tutte*）在主题和结构上高度近似。1863 年巴黎演出的一个版本实际上就把二者融合在一起，以莫扎特的音乐搭配一段基于莎剧的台本。在接下来的 20 世纪，W.H. 奥登（W.H.Auden）和他的情人[1]与弗拉基米尔·纳博科夫（Vladimir Nabokov）的堂弟[2]合作了本剧的歌剧版，这可能是从托马斯·曼（Thomas Mann）小说《浮士德博士》（*Doctor Faustus*）中的虚构作曲家莱韦屈恩（Leverkühn）处获得的灵感，他唯一的歌剧作品便以《爱的徒劳》为背景，"旨在对浮夸之物进行最浮夸的嘲弄和戏仿：十足玩闹又十足考究之物"。

塞缪尔·约翰逊博士（Dr Samuel Johnson）认为《爱的徒劳》是莎剧中最具莎翁特色的剧目之一。剧中人物俾隆和鲍益因为彼此过分类同而相互厌恶，与他们一样，莎士比亚以工于辞令著称，可谓是"口舌含蜜"。在其他剧作中，莎士比亚完全没有像在该剧中这般肆意彰显他在"塔夫绸般繁复的辞章，丝缎般奇巧的字句，/ 堆砌的夸饰，雕琢的造作，/ 迂腐的辞藻"上的天赋。同样，也只有在该剧中，莎士比亚才这么无情地将这一天赋比作"蛆仔似的虚饰"，做好了被"最宜入悲伤之耳"的"诚朴的语言"替代的准备。让这两种类型的语言并驾齐驱，正是莎士比亚特有的方式。"塔夫绸般繁复的辞章"被粗俗地拒斥，而本应替代它们的简单粗糙的语言却也一样频用暗指（按德尔的话，即是"勾结"和"讹误"）而难以理解。俾隆的那句"是非曲直，不假虚饰"（russet yeas and honest kersey noes）用了"眼睛"（eyes）和"鼻子"（nose）的双关语，再一次引入了诗人奥维德（Ovid），他的姓为那素（Naso，拉丁语意指"鼻子"）。奥维德不仅是霍罗福尼斯也是莎士比亚在语言修辞艺术上的老师。因为"高雅、流畅和抑扬顿挫"，"奥维狄乌斯·那素才是真诗人，那怎么就姓了'那素'了呢，还不是因为嗅出了想象的芬芳花朵，创作的神来之笔？"

1　即美国诗人切斯特·卡尔曼（Chester Kallman）。

2　即作曲家尼古拉斯·纳博科夫（Nicolas Nabokov）。

奥维德不止教导莎士比亚书写情诗，还教他戏仿情诗。若是姑娘们的金色头发和雪白肌肤已然落入奉承的俗套，奥维德和莎士比亚便知道如何对黑色做一番似非而是的吹捧。当平庸的诗人把爱侣身体的各部分归入完全可以预测的描述之内时（蓝色眼睛、奶油乳房），奥维德和莎士比亚则彻底颠覆窠臼："两团煤球插脸上就作了眼睛"，而锐利的目光所关注的不在酥胸而在两腿间的黑幽之地。虽然约翰逊博士彬彬有礼，未作言明，但《爱的徒劳》之所以是最具莎士比亚特色的莎剧，其原因之一便是本剧既是他最高雅的剧目（唯有《皆大欢喜》[As You Like It] 尚能媲美），也是他最低俗的剧目（唯有《特洛伊罗斯与克瑞西达》[Troilus and Cressida] 可以匹敌）。第四幕中有关两岁公鹿、射击、四岁鹿、度量和三岁鹿的交谈，表面上和猎鹿相关，但在这层伪装之下，它毫无疑问地暗示着生殖器感染和性传播疾病。

本剧高潮处，死亡使者马凯德入场，气氛随之变化。他入场前不久，这部剧中剧已经演变成乡巴佬和自大狂骑士间有关怀孕的挤奶女佣的争吵。这个女佣的名字是按伊丽莎白时代的厕所之名起的。骑士被指责在心口处佩戴女佣的"洗碗布"（dishclout）作为信物，一块发臭的洗碗布足以戳破骑士传奇的泡沫，但这个词以前似乎也是一个俗语，指绑在阴缝处吸收经血的破布。将这一形象与作为死亡象征的马凯德并置是为了能稍稍理解莎士比亚对极端和矛盾的口味。

与那些在宫廷内苑和绿色世界之间转换的莎士比亚喜剧不同，本剧将自己限制在宫廷这一单个场景之内，宫廷摇身一变成为绿色世界。一切情节都在很短的时间框架和为数不多（篇幅不短）的场景中，在纳瓦拉国王的御苑内上演。情节设置几乎难以再做简化。国王和他的侍臣以学术研究之名，誓言放弃爱情，但法国公主和她风姿绰约的随行侍女的到来阻碍了这个计划。绿色是一种可以和退至花园冥思苦想相联系的颜色（安德鲁·马韦尔［Andrew Marvell］在其抒情诗《花园》［The Garden］中设想"销毁一切造物／在绿荫中化作绿色的思想"）。但是，诚如唐·亚马多在他那伶俐侍童毛子提醒下意识到的那样，绿色也是"情人的颜色"。该剧乃爱情战胜智识的证明。真正的智慧不在智者身上，而属于乡巴佬考斯塔德，他认为"人天生如此愚蠢，听凭肉体的召唤"，学术追求和诗歌词藻都不能令人脱离这基本的真理。

世故老成的纳瓦拉国王和他的三个同伴只有在无地自容时才学到真理。在本剧最有舞台张力的一幕中，如同一流滑稽剧的情节，四人都出乎意料地被各自的修辞倒打一耙——不只陷入爱河，还书写蹩脚的情诗。乔治·萧伯纳（George Bernard Shaw）精当概括了这一戏剧效果："第一个人没被第二、三、四个人听到；第二个人被第一个人听到，但没被第三、四个人听到；第三个人被第一、二个人听到，但没被第四个人听到；第四个人被其他所有人听到，但他自己却暂时失聪。"之后还有更多的笑料，男士们一起假扮成俄国人追求一众女士，但女士们却更胜一筹，因为他们的伪装实在太过小儿科。此刻，我们期待着一场不加掩饰、惠及全体的宽恕，忘记蠢愚，促成多对婚姻，所有人从此过上幸福生活。但首先，次要的角色需要为宫廷带来一场欢庆表演。

正如"一出最可悲的喜剧，皮剌摩斯和提斯柏的惨死 [1]"（The most lamentable comedy and most cruel death of Pyramus and Thisbe）呼应着《仲夏夜之梦》（A Midsummer Night's Dream）的主要情节那样，"九大名人"（The Nine Worthies）的盛会为《爱的徒劳》做下注脚。在主要剧情之初，纳瓦拉国王认定他和他的侍臣能通过学术之不凡，赢得生前身后名，但是与莎翁十四行诗开篇惊人相似，情节的发展却暗示坠入爱河和两性生

---

1 "一出最可悲的喜剧，皮剌摩斯和提斯柏的惨死"和下文中的"九大名人"同为剧目名。

育是可保死后继续存在的唯一真正方式。恰恰是"女子的秋波",而不是书本和学院,"包罗万象、滋养众生"。莎士比亚将原始素材转换为剧中剧以呼应这一主题。九大名人一般指源于三大传统的人物,每一传统各三人,他们构成了莎士比亚的文化传承:《圣经》(约书亚、大卫、犹大·马加比),古典神话(特洛伊的赫克托耳、亚历山大大帝、尤力乌斯·凯撒)以及中世纪传奇(亚瑟、查理大帝、布永的戈弗雷)。以上九人都借由英武的军事行动永垂不朽。这本身便驳斥了君臣所谓"众人毕生追寻的声名"能通过学术研究一类的消极行动而实现之推定。与此同时,莎士比亚改变了传统的角色设定:考斯塔德饰演的庞培大帅代替了尤力乌斯·凯撒,更重要的是,毛子扮演的赫剌克勒斯充当了一名《圣经》或中世纪的人物。某种程度上说,这是一个有关体形的笑话:赫剌克勒斯是典型的大块头,而毛子则被比作昆虫与尘粒。此外,赫剌克勒斯的入场突出了英雄行为被欲望减弱这一母题。赫剌克勒斯的盛名不只源于诸如他从赫斯珀里得斯花园中盗取金苹果的**伟绩**(第四幕结尾处俾隆的长篇爱情演讲提及此事),还在于**爱情**对他造成的损失。赫剌克勒斯因恋上翁法勒(Omphale)而忍受屈辱,阳刚尽失,之后对得伊阿尼拉(Deianira)的欲望则令他癫狂,胡乱杀戮。"都有哪些大人物为情所困?"亚马多如是询问毛子。毛子的回答是:"赫剌克勒斯,主人。"同一处还提及了圣经人物参孙和他对大利拉(Delilah)的毁灭之爱。有人推测如若九大名人的演出进行到底,参孙也会挤进演出的行列。

与"皮剌摩斯与提斯柏"这出剧类似,高雅的观众对卑贱的角色毫不客气。他们颠覆了剧场赖以为生的幻象:"我是庞培——""你胡说,你才不是他。"他们不顾及演员,讲着下流笑话:"等着犹后面的驴吗?给他:犹——大,去!"霍罗福尼斯的高尚应答说出了我们的心声:"这一点也不高尚、不文雅、不谦逊。"各位贵绅必须再经历一场恭顺的历练,才能证明他们的风度，获得他们的奖励，因为一切言辞辛劳后，他们的爱情始终无着落。俾隆被指派去完成让濒死的病人开怀大笑的任务，与传统戏剧里才子抱得佳人归的完美结局不同，剧中的才子没能抱得佳人归。这里会有预计延续一年的悬置，以结尾春天和冬天之歌为这一悬置的开始。

从剧中的乐曲、舞蹈、四对恋人、奇巧结纹的御苑来看，该剧具有对称的结构，似想要有一个和谐的结局，可它却以中断结束——未完的戏剧，无终的求爱，还有另一场戛然而止的演出。亚马多宣布霍罗福尼斯和纳森聂尔将上演一场学术对话作为尾声，但我们永远听不到这一对话。绕梁的简单歌曲本是要介绍这场论辩，却被亚马多这一赘言繁语的化身叫停，对繁复矫饰的语言作了最后的抨击：他不仅叫停了演出，遣散了台上的观众，还在退场之际断言这段音乐之后的语言会变得粗糙刺耳。

参考资料

剧情： 纳瓦拉国王和三位侍臣创办了一个小"学院"，他们发誓学习三年，不近女色。但是法国公主和三名侍女抵达，开展外交访问，刚刚立下的誓言就被打乱了计划。纳瓦拉的男人们在本剧的某一场中偷听到彼此高声诵读自己蹩脚的情诗而互相贬损。在接下来他们伪装成俄国人的一场中，女士完全智取男士。另有一条喜剧副线，其中有一名言辞华美的西班牙人，他伶俐的侍童，一个乡巴佬，一个怀孕的挤奶女佣，再加上一名牧师和一个学究塾师，其高潮出现在一场有关古典神话伟人和圣经伟人的盛大演出——"九大名人"。演出中途，马凯德带来公主父亲的死讯。气氛急转直下，女士们要求男士们或者禁欲一年，或者服务社区，之后才会委身下嫁。

主要角色：（列有台词行数百分比/台词段数/上场次数）俾隆（22%/159/5），国王（11%/117/4），公主（10%/102/3），唐·亚马多（10%/102/4），鲍益（8%/80/3），考斯塔德（7%/83/7），罗瑟琳（7%/75/3），霍罗福尼斯（6%/54/3），毛子（5%/78/3），杜曼（3%/54/4），朗格维（2%/40/4），玛利娅（2%/25/3），凯瑟琳（2%/22/3），纳森聂尔（2%/19/3），德尔（1%/15/4），杰奎妮妲（1%/13/3）。

语体风格：诗体约占65%，散体约占35%。多数押韵，穿插诗歌，包括十四行诗。

创作年代：1598年以前。当年的版本称，该剧已"于上个圣诞节呈演给女王陛下（伊丽莎白女王）"。罗伯特·托夫特（Robert Tofte）发表于1598年的诗歌中，明确提到了在公共剧院看到该剧的演出。与《仲夏夜之梦》并其他抒情剧目类似的风格，以及对1594至1595年出庭律师公会圣诞娱乐活动的可能指涉，令大部分学者将本剧的创作时期界定在1595至1596年间。

取材来源：莎剧中少有的无源头剧本，虽然涉及了16世纪90年代早期大量的文学景观（譬如，爱情十四行诗的潮流和约翰·黎里 [John Lyly]开创的典雅"尤菲绮斯体" [euphuistic] 写作风格）；四名朝臣远离政坛，致力于学术思考和哲学讨论的灵感或许来自皮埃尔·德·拉·普里莫达耶（Pierre de la Primaudaye）的《法国学院》（*The French Academy*，1586年英译本，1589、1594年重印）。本剧并非对当时政治的讽喻，但剧中部分人名显然指向当时法国和纳瓦拉（彼时十分重要之国，1594年3月纳瓦拉——游离于法国和西班牙之间的国家——国王亨利皈依天主教，成为法国国王）的历史人物。

文本： 1598 年四开本，"由 W. 莎士比亚新修增补"——这表明也许还有更早的四开本，如今已经逸失。对开本依四开本排印，做了部分修正，但也出现了一些新错误。某些文本非常混乱，尤其是角色姓名，莎士比亚对此似乎也显得有几分迷糊。几段台本，包括俾隆在第四幕结尾处关于爱情的关键长篇演说，都包含重复内容，这强烈意味着印刷本保留了莎士比亚初稿和最终稿的元素，我们以双斜线(//) 标注此类"最初构想"。

乔纳森·贝特（Jonathan Bate）

爱的徒劳

腓迪南　纳瓦拉国王

俾隆

朗格维 ｝ 国王侍臣

杜曼

唐·阿德里安诺·德·**亚马多**，自大的西班牙人

毛子，亚马多的侍童

考斯塔德，乡巴佬

杰奎妮妲[1]，挤奶女佣

安东尼·**德尔**，巡丁

纳森聂尔先生，教区牧师

霍罗福尼斯，塾师

法国公主

罗瑟琳

玛利娅 ｝ 公主侍女

凯瑟琳

鲍益，公主侍臣

马凯德先生，法国国王的使者

林务官

群臣，众侍女，众侍从

1　杰奎妮妲：原文 Jaquenetta 可能读作 Jake-netta，暗指 jakes（厕所、茅房）。

第 一 幕

第一场　　/　　第一景

纳瓦拉国王御苑

纳瓦拉国王腓迪南、俾隆、朗格维与杜曼上

国王　　　让那众人毕生追寻的声名，

长久在我等铜色[1]碑墓上铭刻，

让我等在蒙尘的死亡前荣耀；

且任那时间贪婪，将一切收割，

此刻瞬息的努力或赢得美名，

足叫它那镰刀利刃失却锋芒，

收容我等去作那永恒的嗣子。

因此，勇士们——尔等正是，

抵御发自尔等内心的情欲

以及外界欲望大军的勇士——

我等要严格执行最近的敕令。

纳瓦拉将成为这世间的神域，

我们的宫廷则作小小学院，

供我等静心研习人生哲理。

你三位：俾隆、朗格维及杜曼，

现已立誓侍君，三年为约，

作我的学侣且当谨遵条例，

1　铜色：原文为 brazen，表示"镀铜的"，也含"厚颜无耻"之义，此处为语义双关。

（展示一文书）如此白纸黑字，句句分明。
尔等既已盟誓，且当署上姓名，
以此签名为证，自当谨言慎行，
半点有违斯盟，便是自毁名誉。
尔等若是下定决心依盟约行事，
当签署庄严的誓言，无渝斯盟。

朗格维　我意已决，不过是三年长斋。
身体虽要憔悴，思想却得享盛宴。（签字）
肚皮鼓鼓，脑袋瘪瘪，珍馐佳肴，
肥了肌骨，枯了才智，得不偿失。

杜曼　我敬爱的陛下，杜曼已无欲求。
这尘世间的欢愉都将抛诸脑后，
留给那为世俗驱役的凡夫享受。（签字）
爱恋、富贵，逃不过衰老、死亡，
这一切却在哲学里获得了天长。

俾隆　我这厢只能学二位大人的舌。
亲爱的尊王，我已然是宣了重誓的，
要在此处住它、学它个整整三年。
但这里头有些个清规戒律，譬如
在长长三年期间不能见任何姑娘，
这一条我可真心希望您将它废除。
还有这一周里有一天要粒米不食，
此外的日子里也是只能吃上一顿，
这条我也希望您能将它剔除在外。
还有这整晚只能睡上个三个钟头，
白天里还不能叫人见着瞌睡打盹——
要知道我平时能从天黑睡到天亮，

还能把半个白昼当黑夜睡了过去——
不让睡觉这条我真希望您别作数。
这些个无聊任务，做得了一时做不长，
看不了姑娘光看书，吃不饱来睡不香。

国王　　你宣誓时可都是同意了这些戒条的。

俾隆　　陛下请恕我直言，我可没同意这些。

我只是宣誓要在三年间侍君伴读，
陪您念书研习，且不离王宫半步。

朗格维　俾隆，对此以及此外的条件你都是宣了誓的。

俾隆　　阁下，我当时只是随便说说，权当戏言。

我倒要问问看，读书到底有何用？

国王　　为了知晓我们所知之外的事情。

俾隆　　您是指常识窥探不到的秘事？

国王　　对，这就是读书神赐般的恩惠。

俾隆　　那么开始吧，我就此宣誓苦读，

好让我知晓我本不该知晓的秘事；
譬如煌煌禁令让我不能美餐宴乐，
我就读书寻找那大快朵颐的去处；
当姑娘们藏在了常识想不到之地，
我就读书寻觅那私会美人的幽处；
既已立下誓言，似这般难以施行，
我就读书来背弃它却得以不失信。
要是读书真有这样的好处，
让我们得知那未知的种种，
保证了这点，我自无异议。

国王　　这可是我们问学途上的路障，

诱我们的才智去往虚妄的欢乐场。

俾隆　　　　一切欢乐皆是虚妄，最虚妄
　　　　　　便是苦苦追寻，到头来徒劳无益。
　　　　　　就好比有人抱书苦读，费力研习，
　　　　　　寻找真理的光明，真理却不买账，
　　　　　　晃瞎了他的双眼，叫他从此目盲。
　　　　　　目光寻真理之光却被它夺去目光，
　　　　　　因此，黑暗蒙昧中尚未寻到光亮，
　　　　　　你的目光已经在失明中渐渐淡亡。
　　　　　　让我学会如何去愉悦我的双眸吧，
　　　　　　就这样让它锁在更美的秋波之上，
　　　　　　如此顾盼流光赢取他目光的聚焦，
　　　　　　并且赐还他那束曾令之失明的光。
　　　　　　学问有如天宇中高悬的一轮骄阳，
　　　　　　由不得愚妄粗鄙的目光将它探望。
　　　　　　皓首穷经的腐儒，也是所获甚少，
　　　　　　不过是从前人处拾取些寸鳞片爪。
　　　　　　这些个天上星辰在尘世里的教父 [1]，
　　　　　　为每颗恒星都取上了各自的姓名，
　　　　　　他们在星光之夜所能得到的好处，
　　　　　　却与对星辰浑然无知的莽夫相同。
　　　　　　若过分追求知识则是将虚名贪慕，
　　　　　　须知任何人都可替人取名作教父。
国王　　　　他多么会读书，反借此驳斥读书。
杜曼　　　　长于铺陈，却借此阻碍学问进步。

1　教父（godfather）：婴儿在接受基督教洗礼时会由教父取教名，此处教父指为星辰命名的天
　　文学家。

朗格维	他芟夷良谷，却留下莠草。
俾隆	春天要来到，小鹅[1]孵出早。
杜曼	这是接的什么话？
俾隆	对他倒是时地合宜。
杜曼	于理却是毫不相干。
俾隆	于韵律倒有些关系。
国王	俾隆似严霜般冷酷如刀，
	把春天新生的花苞肆意撕咬。
俾隆	好，就当我是；鸟儿尚未啁啾歌叫，
	盛夏为何率先夸耀？
	为何我要为任何早产欢欣？
	我不求圣诞节期玫瑰芳馨，
	也不要雪掩五月花繁似锦，
	唯愿万物有时，生长按季。
	所以你们，读书求索时已晚，
	就好比是，翻墙开门徒往返。
国王	好，你且退出。回家吧，俾隆，再会！
俾隆	不，我的陛下，我已立誓做伴。
	我虽为愚昧无知大放厥词，
	比诸位拥戴神圣的学问更显激昂，
	但请放心，我必信守承诺，
	将这三年苦行一天天挨满。
	且将文书拿来再供我一读，
	在这苛律之下我将名儿署。（接过文书）
国王	此番屈服可叫你免受羞辱。

---

1 小鹅（green goose）：可指无知的傻子。

俾隆	（宣读）第一条：女子不得进入宫廷一英里范围内。这一条公布了没有？
朗格维	此条四日前即已公布。
俾隆	让咱看看处罚：违者割舌。这是谁想出来的惩罚？
朗格维	不敢，正是在下。
俾隆	亲爱的大人，敢问因由？
朗格维	以此严刑好吓退众女。
俾隆	好一条有违斯文的峻法！

俾隆　（宣读）第二条：倘在这三年之期内，有人被见与女子交谈，
众臣当共议处罚，使其按他们所能制订的方式当众受辱。
这项条款，陛下您就要打破，
您也知道有一位公主将出使，
这位法国国王的女儿自有金玉质，
高贵的公主将与陛下您交涉，
她将请求您出让阿基坦地区，
给她那重病在床的老迈父王。
这条款若不是一纸虚文不作数，
美丽公主就算白跑一遭徒辛苦。

国王　诸位有何高见？我竟忘得干净。

俾隆　读书就是这样难中目标，
一心研习只为得那心头好，
应做的差事反倒是记不牢。
待来日得了心头好，却好比
战火攻城，虽胜城毁枉徒劳。

国王　现如今此条只好作罢。
事出必要，她需在此下榻。

俾隆　事出必要会让我们背弃誓言，

三年之内必将毁约三千。
人人生来就是各有癖好，
不由人力全凭天命差遣。
若我背誓可拿此话搪塞，
我的背誓全因"事出必要"。
（签字）这全部条约之下署我姓名，
倘有人违约哪怕一丝一毫，
他自将永生永世受辱蒙羞。
说来诱惑于我与他人无异，
我觉得别看我心不甘情不愿，
这守约到最后的恐怕还是最后立约的我。
但这真就没点乐子可供消遣？

国王　　　　有的，有的。你可知宫里常有
一位西班牙高雅行者出入，
此人集世界时尚为一身，
满脑皆是些新鲜奇诡语，
他那巧舌如簧善奏佳音，
这般乐之和美最迷人心，
此人学识渊博多才多艺，
是非对错全由着他判断。
天之骄子名唤作亚马多，
读书间隙他将前来做伴，
铺锦列绣把那故事评讲，
讲那炎方西班牙骑士的战绩与夭殇。
诸君喜好我不知，至于我，
倒真是极爱听他瞎编扯谎，
我要叫他作我御用的诗郎。

俾隆	亚马多自然是人中龙凤，
	谈吐新鲜，是捍卫时尚的骑士。
朗格维	考斯塔德[1]那乡巴佬和他是俩活宝，
	如此这样，读书三年也不嫌长。

巡丁德尔执信与考斯塔德上

德尔	哪一个是王上本人？
俾隆	这就是，伙计。你有何事？
德尔	我自己就能代表他本人，我可是王上的巡丁。但我还是要当面看看他本人。
俾隆	这就是他。
德尔	亚马……亚马先生……向您请安。
	罪恶逍遥法外，此信告悉详情。（展示一信）
考斯塔德	陛下，信中所述与我相关。
国王	伟大的[2]亚马多写来的信。
俾隆	不论内容多低劣，但愿文字够高雅。
朗格维	期望很高，希望不大。上帝赐予我们耐心吧。
俾隆	耐心听，还是耐住笑？
朗格维	顺着听，阁下，适度笑，或干脆不听不笑。
俾隆	好吧，阁下，还是由文风[3]决定我们的笑声能爬多高。
考斯塔德	阁下，此事关乎我与杰奎妮妲二人。情形就是：我被抓了现行。
俾隆	怎么个情形？

1　考斯塔德：原文 Costard 的字面意思为"大苹果"，俚语指"头"。

2　伟大的（magnificent）：Spanish Armada（西班牙无敌舰队）常被形容为"伟大的"，Armada 与 Armado（亚马多）相近，故借用形容无敌舰队的"伟大"形容亚马多，有戏谑之义。

3　文风：原文 style 与 stile（阶梯）同音，取笑声借着文风的阶梯爬高之义。

考斯塔德	阁下，情、状随后有述，总此三桩[1]：一来我与她共处庄园，二来并坐长凳，三是随她入了公园且皆被人撞见。总而言之即是"情、状随后有述"。现在，阁下，说这情形：也就是男人同女人讲话的那情形。至于状况：即是某种状况。
俾隆	还有个"随后"呢，老兄？
考斯塔德	随后就要看如何处置我了。上帝保佑好人。
国王	诸位可愿细听此信？
俾隆	洗耳恭听，奉如神谕。
考斯塔德	人天生如此愚蠢，听凭肉体的召唤。
国王	（读信）"上天伟大的代理人，纳瓦拉唯一的统治者，我灵魂在这凡世的神，我肉体得以养育的恩主——"
考斯塔德	只字未提考斯塔德。
国王	（读信）"事情如此——"
考斯塔德	事情或许如此。但若是他说事情如此，那他，说实话，也不过如此。
国王	安静！
考斯塔德	我和所有人一样不敢违抗，只能安静。
国王	莫要作声！
考斯塔德	是对别人的秘密，我求您哪。[2]
国王	（读信）"事情如此，黑色的忧郁困扰着我，想借您予人康健的空气一扫我令人窒息的黑暗情绪，所以呢，作为一名绅士，我便外出散步。是何时间？约莫六点，牲畜多在嚼草，鸟儿多在啄食，人们坐下摄取营养，吃那所谓的晚

1　三桩（those three）：指 manner（情），form（状），following（随后）三词。

2　考斯塔德利用国王说的"莫要作声"来恩请他对信中自己的秘密也"莫要作声"。——译者附注

餐。时间也就是这个样子。现在轮到地方，哪块地方？我是说我在哪块散的步。那是称之为您的御苑的地方。接着是场所，哪处场所？我是说我在哪处遇着这最淫秽荒唐的事情，此事引得我以白翎笔着乌黑墨写下这封信，仅供您赏阅、浏览、查验抑或是观看。但说到场所，哪处？它在您奇巧结纹的御苑的西角，北北东又偏东处。正是在那儿，我撞见了那个卑鄙下作的乡巴佬，那个令人耻笑的下贱货色"——

考斯塔德	我？
国王	（读信）"那个只字不识，孤陋寡闻的家伙"——
考斯塔德	我？
国王	（读信）"那个浅薄的卑鄙东西"——
考斯塔德	还是我？
国王	（读信）"那个人，我记得，他名叫考斯塔德"——
考斯塔德	噢，是我！
国王	（读信）"违背您公布的诏令和禁欲典律，此人竟然陪伴着一个—— 一个—— 啊！陪着一个我说起来都脸红的"——
考斯塔德	女佣。
国王	（读信）"一个我们老祖母夏娃的孩子，即一位女性；便于您理解，也就是个女人。受时刻铭记的职责驱使，我将他交由安东尼·德尔押解到您面前接受惩戒。德尔是陛下您的巡丁，品行端正、享有声望。"
德尔	见笑了，我就是安东尼·德尔。
国王	（读信）"至于杰奎妮妲——就是同刚才那乡巴佬一起被我捉住的女人——我已将她置于法律的盛怒之下，您一声令下，我就把她审判关押。您全心赤忱、尽忠职守的唐·阿德里安诺·德·亚马多。"

俾隆	此信虽没预期的好，但倒是我听过的最上乘之作。
国王	是的，最差的里面数第一。小子，你有何申辩？
考斯塔德	陛下，我承认确有其女。
国王	你可听闻诏谕？
考斯塔德	我承认听到过，但没怎么在意。
国王	诏谕上说凡被捉住与女人一起，判入监一年。
考斯塔德	我可没和女人一起，陛下，我是和位少女在一起。
国王	那么，诏谕说的就是少女。
考斯塔德	也不是少女，陛下，她是个处女。
国王	也可以这么表达，诏谕说的就是处女。
考斯塔德	这么说的话，那她就不是处女。我是和女仆在一起。
国王	说成女仆也帮不了你，小子。
考斯塔德	女仆就是来帮[1]我的呀，陛下。
国王	小子，且听我对你宣判：你将禁食一周，只能吃糠饮水。
考斯塔德	我宁愿祈祷一整月，每天喝羊肉汤。[2]
国王	唐·亚马多将是你的看守。
	爱卿俾隆，且将他押解去。
	众爱卿，我们就此退场
	践行我们彼此坚定的誓约吧。　　　　国王、朗格维与杜曼下
俾隆	我拿人头和任何先生的帽子打赌，
	这些誓约戒律到头来不过是笑话一场。
	小子，走吧。

---

1 帮：原文为 serve，这里用了其双关义，表示女仆既能帮人打理家务，又可以令人获得性满足。——译者附注

2 祈祷：原文为 pray，此处有"做爱"的双关义；羊肉汤（mutton and porridge）：mutton 指"羊肉"，亦有"娼妓"之义，porridge 则有"女性外阴"的性暗示。

考斯塔德　　我因了真理而受罪，大人。我被捉住同杰奎妮妲一起，这是真事，而杰奎妮妲也是位真诚的姑娘。事到如今且举起幸福¹的苦杯！苦难或许有朝一日会重露笑颜，在那之前，请坐吧，悲哀！

众人下

第二场　　／　　景同前

亚马多与其侍童毛子上

亚马多　　小子，怀宝者日渐忧郁，是何征兆？

毛子　　吉兆是也，主人。他会神气悲伤。

亚马多　　悲伤和忧郁还不是一回事，乖小鬼。

毛子　　不，不，主人，不是。

亚马多　　悲伤和忧郁又当如何区分，我柔嫩的少年？

毛子　　只消展示这些情绪最平常的表现，我硬朗的长者。

亚马多　　何谓硬朗的长者？何谓硬朗的长者？

毛子　　何谓柔嫩的少年？何谓柔嫩的少年？

亚马多　　我所谓柔嫩的少年，是对你弱龄的合适称谓。我们可以称之为柔嫩。

毛子　　我所谓硬朗的长者，是对您高龄的妥帖尊号。我们可以称之为硬朗。

亚马多　　可爱并且机敏。

1　幸福：原文 prosperity 为 adversity（不幸）的滑稽误用。

毛子	此话怎讲，主人？是我可爱而我说的话机敏？还是我机敏而我说的话可爱？
亚马多	你可爱，因为小。
毛子	小可爱，就因为小。那机敏呢？
亚马多	机敏嘛，说的是反应快。
毛子	您这么说是夸我呢，主人？
亚马多	你所应得之赞誉。
毛子	我要用同样的话赞美鳗鱼。
亚马多	怎么，鳗鱼有这么聪明吗？
毛子	鳗鱼有这么快呀。
亚马多	我是说你对答时反应快。你惹恼我了。
毛子	我明白了了，主人。
亚马多	我不喜欢别人跟我对着干。
毛子	（旁白）他可真是说反了，金钱就和他对着干[1]。
亚马多	我已答应侍君伴读整三年。
毛子	您一小时就能完成，主人。
亚马多	不可能。
毛子	一的三倍是多少？
亚马多	我可算不来，那是酒保干的事。
毛子	您既是绅士又是赌徒。
亚马多	两者我都承认，它们都是成熟男子的标志。
毛子	我确信您一定知道两点加一点的骰子是多少点。
亚马多	那应该是比两点多一点。
毛子	凡夫俗子称之为三点。

---

1 此处是 cross 的双关用法。be crossed 意指"和某人对着干"，而 cross 则指铸有十字图案的钱币。

亚马多	对。
毛子	哎呀，主人，这学问做得好吧？您这眼睛还没眨三下，咱就把这"三"研究出来了。"三"后面加个"年"字多么容易。统共就学"三年"这两个字，跳舞的马[1]都能学给你听。
亚马多	这话说得好！
毛子	（旁白）看出你无知来了。
亚马多	我得承认我是陷入爱恋了。军士谈恋爱本是自甘下贱，我爱上的也正是下等的女人。若是对这爱意拔剑相向，即可拯救我脱离这堕落念想，我便将欲望收监，任其被某个法国朝臣用新式的鞠躬礼赎走。我不屑于唉声叹气，以我之见，我当战胜丘比特[2]。快来安慰我吧，男孩，给我说说，都有哪些大人物为情所困？
毛子	赫刺克勒斯[3]，主人。
亚马多	最亲爱的赫刺克勒斯！再举些经典的例子，好孩子，多列举几位鼎鼎大名、身担重任的大人物吧。
毛子	参孙[4]啊，主人。他算身负重任了吧，多重的任啊，他可是像个脚夫似的把城门负担在背，而且他也曾陷入爱情。
亚马多	啊，魁梧的参孙，强健的参孙！我的剑法可是要胜过你，就像你这背城门的功夫要胜过我。我也陷入爱情了呀。参孙的爱人是何许人也，我亲爱的毛子？
毛子	一个女人，主人。

1　跳舞的马（the dancing horse）：可能指的是 16 世纪 90 年代伦敦一只受训的马，名唤"摩洛哥"（Morocco），据称它能用蹄子踏击地面来数数。

2　丘比特（Cupid）：罗马神话里主司爱情的小爱神。

3　赫刺克勒斯（Hercules）：希腊神话里的英雄。

4　参孙（Samson）：《圣经》中的大力士。——原注；《圣经·士师记》里描写了参孙肩扛迦萨城门的情形。——译者附注

亚马多	肤色如何？
毛子	四种[1]皆有，或是三种，又或两种，或只一种。
亚马多	告诉我她究竟是什么肤色。
毛子	海水般的绿色[2]，主人。
亚马多	这是四种肤色之一？
毛子	我读到的书里说是，主人，这可是四种里最好的。
亚马多	绿色倒也确实是情人的颜色[3]，但我想参孙不会因此就找了个这种肤色的女人。他一定是因为她的才智才爱上她的。
毛子	是这样的，主人。她的才智也是绿色[4]的。
亚马多	我的爱人生得最是白皙无瑕，纯净得白里透红。
毛子	最污秽的念头可就潜藏在这些颜色[5]下。
亚马多	说清楚，说清楚，博学的婴孩。
毛子	吾父之智，吾母之舌，佑我也！
亚马多	孩子的可爱祷告，最是美好而动人！
毛子	若她是面若桃花肌胜雪[6]，
	纵然有作奸犯科难察觉，
	双颊绯红本因着过错生，
	一脸苍白原就是恐惧成，
	要知她是恐惧还是犯错，

1　此处的四种肤色与古代西方人认知中的四种体液有关，分别是血液（blood）、黏液（phlegm）、胆汁（choler）和忧郁液（melancholy），这四种体液据认为可决定人的性格。

2　指年轻女子因贫血症而脸色发绿的颜色。

3　绿色使人联想起盎然春意、年轻有活力。

4　绿色：原文 green 在英语里可以指"不成熟"。——原注；此处讽刺参孙看上的其实是姑娘的单纯无知。——译者附注

5　颜色：原文 colours 在这里有"托辞，借口"的双关义。

6　面若桃花肌胜雪（be made of white and red）：原文中的 made（由…构成的）可能暗指其肤色是借助化妆，而本非如此。

你却是束手无策案难断，

虽是她脸红似愧白似怖，

怎奈得天生娇色本如故。

这厉害的讽刺诗，主人，就是针对红白肤色的理儿。

亚马多 男孩，不是有首民谣，唱的国王和乞女？[1]

毛子 大概三个世代之前，世间曾有这么首令众人蒙羞的民谣，不过我想现在这首歌已经无迹可寻，倘若留存，歌词和曲调大抵也无法令人认可。

亚马多 我要旧题新作，给我的不当迷恋找个有力前例。男孩啊，我在御苑抓到与那有几分脑子的粗野家伙考斯塔德在一起的乡下姑娘，我是真心爱她。她该有个好归宿。

毛子 （旁白）该抽顿鞭子，再找个比我主人好的归宿。

亚马多 唱吧，男孩。我的心叫爱情压得深沉。

毛子 （旁白）这倒是稀奇了，爱上的原是个轻佻的主。

亚马多 我说，唱吧。

毛子 先等这帮人过去。

乡巴佬考斯塔德、巡丁德尔与女佣杰奎妮妲上

德尔 先生，王上的旨意是让您把考斯塔德看管起来，让他既不能寻欢作乐也不必苦修忏悔[2]，但一周三天得吃斋。至于这姑娘，我得留她在御苑里，她奉准做挤奶工。再会了您！

下

亚马多 （旁白）我的脸红出卖了我的心思。——姑娘！

杰奎妮妲 汉子？

亚马多 我要去猎场小屋看你。

---

1 此处指的应该是非洲科菲图阿王（King Cophetua）爱上乞女齐妮罗芳（Zenelophon）的传说。

2 忏悔：原文 penance 是对 pleasure（欢愉）的误用。

杰奎妮妲	那就在附近。
亚马多	我知道它在哪儿。
杰奎妮妲	大人，您真是睿智！
亚马多	我要给你说奇闻趣事。
杰奎妮妲	您不会说真的吧？
亚马多	我爱你。
杰奎妮妲	我听到您这么说了。
亚马多	那么再会吧。
杰奎妮妲	愿您遇见好天气。
考斯塔德	来，杰奎妮妲，走吧。 　　　　　　杰奎妮妲下
亚马多	恶棍，被赦之前你就好好为了你的过错禁食吧。
考斯塔德	好的，先生，我希望在此之前能混个肚儿圆。
亚马多	你就该被重重处罚。
考斯塔德	那我可是比你的下人更感激你，他们都被轻轻打发了。
亚马多	（对毛子）把这恶棍带下去，关起来。
毛子	来，你这胡作非为的奴才，走吧！
考斯塔德	别把我关起来啊，先生，我保证禁食肠胃松。
毛子	不，老兄，你这是瞎胡扯来裤带松 [1]。你呀，就该入监。
考斯塔德	好吧，我要是有朝一日得解放，我倒要叫人看看——
毛子	叫人看什么？
考斯塔德	没，没什么，毛子大爷，他们爱看什么看什么。囚犯自不能口无遮拦 [2]，所以我也该把口来缄。感谢上帝叫我没耐心 [3]，所以才在此安安静静。 　　　毛子与考斯塔德下

1　裤带松（fast and loose）：指性生活随便。——译者附注
2　原文 silent（安静的）可能是 free（自由的）的误用。
3　原文 little（一些）可能是 much（许多）的误用，抑或 patience（耐心）是其反义词的误用。

亚马多　　我是真爱这卑贱的土地，她那更卑贱的鞋由着她最卑贱的足践踏其上。我要是恋爱，便背弃了誓约，那即是谎言的铁证。用谎言诱骗来的爱又怎会是真爱？爱是邪灵，爱是魔鬼。爱之外再无邪恶的天使。参孙如是被引诱，他是多么孔武有力；所罗门[1]也曾被魅惑，他是多么才智超群；赫剌克勒斯的棍棒尚敌不过丘比特坚硬的箭矢，西班牙人的长剑自是胜算无几。决斗法的前两条对我无用。前迈直刺他不管，决斗规矩他不顾。被称为小男孩令他耻辱，但征服大男人成就了他的光荣。别了，勇气！锈吧，宝剑！熄吧，战鼓！你们的主人恋爱了；是了，他爱着。助我吧，那司即兴诗的神，因我确信我要作起商籁诗[2]来。思考吧，智慧；书写吧，笔！因为我要写它满满几卷大开本的。

下

1　所罗门（Solomon）:《圣经》中的国王，以其智慧和对女人的爱情闻名。
2　商籁诗（sonnet）: 即十四行诗。

第二幕

第一场　　/　　第二景

法国公主携三侍女罗瑟琳、玛利娅和凯瑟琳及鲍益等三侍臣上

鲍益　　眼下，公主，您且打足精神，

思索一下您父王此番派遣的是何人，

派来见的是何人，他又有何口谕。

他派的正是您呀。您受着世人的敬重，

来同纳瓦拉举世无双的国王进行交涉，

他可是具备着凡人能有的全部美德。

您的此番交涉乃为索还旧省阿奎丹，

这其中的分量足够作为王后的妆奁。

要知道造化赐人才华姿色本是吝啬，

她让庸碌众生无法一尝才貌的滋味，

对您却慷慨大方，赐您以天地灵秀，

您现在也要慷慨展现您的惊才绝艳。

公主　　好大人鲍益，我的美貌虽微不足道，

倒也不劳你溢美之词渲染描绘。

美不美的自有人的眼睛去判断，

用不着商贾巧舌在此推销贩卖。

听了你的褒扬我是没觉得自豪，

倒是你这样费尽心机地恭维我，

怕是还期待着别人夸你睿智吧。

现在反派你一件差事，好鲍益，

你也知道这远近传得沸沸扬扬，

纳瓦拉王如今已经立下了誓言，

在这三年期满前都要发愤苦读，

任何女子不得近他肃穆的宫廷。

所以说眼下有必要先探探虚实，

免得我们贸然前往误入他禁门。

以你的才干定能探得他的意旨，

我等特派你前往宫廷一探究竟，

你可是我们最能言善辩的使者。

且去转告他法兰西国王的女儿，

现今有要事相商诚盼速速解决，

请求觐见王上好同他当面商谈。

速去，如是传达，我等且在此处，

如卑微的请愿者般静候他的圣谕。

鲍益　　奉命为荣，我当欣然前往。　　　　　　　下

公主　　所有自豪皆出自心，你便如此。

诸位爱卿，不知道你们是否知晓

和这贤德国王约誓的信徒是何人？

臣甲　　朗格维是一个。

公主　　你认得此人？

玛利娅　我认识他，公主，是在一场婚宴上。

配力各特勋爵和杰奎斯·福康勃立琪美丽的女继承人

喜结连理，在诺曼底举办了盛大的婚礼，

我就是在喜宴上见过这位朗格维大人。

他才能出众，世所公认，

文才固是专长，武功也不逊色。

他若有心为之必能成事且举止符契。

若是美德的光彩能够染上污点，
那他的美德只有这么一丝瑕疵：
锐利的才智配上了鲁莽的性情，
言辞锐利可伤人，鲁莽向前不知退，
火力一开，任是谁也不留余地。

公主　听上去是位善戏谑的大人，是不是？

玛利娅　最了解他脾气的人都最常这样说他。

公主　这种昙花一现的小聪明边开边凋零。
剩下还有些什么人？

凯瑟琳　年轻的杜曼，一位多才多艺的年轻人，
他的美德被所有爱美德的人爱着，
最具伤人的能力，却最不存恶意，
他的智慧足叫恶的披上善的外衣，
他的外形则不需智慧就赢得美名。
我在阿朗松公爵府上见过他一次，
我在他的身上看到了太多的美德，
我的赞美远不能道出其中的万一。

罗瑟琳　若我所闻不虚，在阿朗松公爵那儿，
还有一名学友和他在一起。
他们叫他俾隆，在和我交谈过一小时的人里，
从不曾有谁比他更会说笑，
雅谑成趣而又不流于鄙俗。
他的眼睛为他的机智寻找机会，
不管什么事物，一旦被它瞧见，
他的机智都能编出逗乐的笑话；
而他的巧舌最善表达奇思妙想，
用机敏而隽永的言辞讲述出来；

	年长的为听他的故事玩忽职守，
	年少的听了则是相当陶醉沉迷，
	他的言辞是如此的甜美而婉转。
公主	上帝保佑我的侍女！她们都陷入爱情了吗？
	怎么一个个都用这样夸饰的言语
	去赞美她们各自中意的人儿？
玛利娅	鲍益来了。

鲍益上

公主	说说，大人，所受招待如何？
鲍益	纳瓦拉王已然知晓您的芳驾将临，
	我来之前，他和一同立誓的学侣，
	早已准备好恭迎公主大驾光临。
	根据我所了解到的情形看，
	他宁愿把您安顿在郊野[1]，
	就好像您是要来攻打他的宫廷，
	也不愿违背立下的誓言，
	让您移步他那无人伺候的宅邸。
	纳瓦拉王驾到。

纳瓦拉国王、朗格维、杜曼、俾隆及众侍从上

国王	美丽的公主殿下，欢迎您亲临纳瓦拉的宫廷。
公主	"美丽"璧还于您，"欢迎"我则尚未拜领。
	穹宇之高恐非您宫廷可容，郊野之旷也非我应受之礼。
国王	公主，日后自当欢迎您来我宫廷。
公主	届时我自当接受欢迎。领我前去吧。
国王	亲爱的公主，您听我解释，我已立下誓言。

1　郊野：原文 field 既有"旷野"之义，又有"战场"之义，一语双关。

公主	圣母佑我王上！他将背弃誓言。
国王	美丽的公主，无论如何我是不会甘心背誓的。
公主	噫，心甘即会背誓：心甘情愿，别无他法。
国王	公主殿下您还不知道我发的什么誓。
公主	您要是对您的誓言一无所知，那才是真的睿智。
	现在若是知晓反证得您的无知。
	我听闻陛下您已立誓不理内政，
	遵守这般的誓约真是罪大恶极，
	虽然背弃它也同样是一桩罪恶。
	不过请您饶恕，我斗胆进言，
	教训了一位师长自是我的罪过。
	（递过一文书）烦请您屈尊一阅我此行的目的，
	再请您速速赐我答复予以解决。
国王	（读文书）公主，如能早些答复，我必当尽早。
公主	您是想我尽早离开。
	若是留我于此，您会背弃誓约。
俾隆	（对罗瑟琳）我不是同您在布拉班特跳过一次舞吗？
罗瑟琳	我不是同您在布拉班特跳过一次舞吗？
俾隆	我知道您和我跳过舞。
罗瑟琳	既已知道，何须多问！
俾隆	您别这么尖刻。
罗瑟琳	还不是你拿这样的问题刺激了我。
俾隆	您的智慧急迫得很，跑太快可是会累的。
罗瑟琳	不把骑手陷在泥潭，它才不会累。
俾隆	现在什么时辰？
罗瑟琳	到了傻子发问的时辰。
俾隆	那就愿美降临在您的面纱上。

罗瑟琳	美是要落在面纱下的容颜。
俾隆	且把诸多情郎送给您。
罗瑟琳	阿门，唯愿你不在其中。
俾隆	没我，那我就此告辞。（走开）
国王	（对公主）公主殿下，您父王在文书中称

他曾经支付过十万克朗，
但那也只是我父王生前
替他支付的战资的一半。
此钱我父和我均未收到，
即便收到，这还差十万，
阿基坦之前割划至我国，
本就是为如上款项作保，
而这块地实在值不上价。
您父王若是愿意支付
之前拖欠的半数债款，
我们自当放弃阿基坦，
也愿与令尊永结盟好。
可眼下他似并无此意，
他在文书里单要求我
悉数归还他十万克朗，
却不提偿清十万余款，
好让阿基坦归于他名。
阿基坦一地贫瘠不毛，
只要收回我父的借款，
我方自当是乐意割还。
亲爱的公主，若非令尊所谋太过理屈，
像您这般的国色天姿，

　　　　　　　足可以让我背理让步，
　　　　　　　好让您称心归返法国。
公主　　　　您这么说似是要否认
　　　　　　　我方切切实实支付过的款项。
　　　　　　　这真是对我父王的恶意中伤，
　　　　　　　也实有损陛下您自己的名誉。
国王　　　　我确实未有听闻，
　　　　　　　您若能证实，我自会退款，
　　　　　　　或是将阿基坦双手奉还。
公主　　　　陛下金口玉言。
　　　　　　　鲍益，呈上他父亲查尔斯王
　　　　　　　手下专员就此款项
　　　　　　　所开具确认收讫的相关文件。
国王　　　　呈上前来。
鲍益　　　　启禀陛下，此文件和其他文件
　　　　　　　放在一个包裹里，尚未送到。
　　　　　　　明日定当呈交陛下过目。
国王　　　　那就好。一经查阅核实，
　　　　　　　所有合理款项我皆可应允。
　　　　　　　此刻先请接受我诚挚的欢迎，
　　　　　　　这是在不背弃誓言的前提下，
　　　　　　　我对您高贵身份的最佳礼遇。
　　　　　　　美丽的公主您虽不能入我宫门，
　　　　　　　但在这外面也得享我的盛情款待。
　　　　　　　您虽不能得我宫殿屋宇的庇护，
　　　　　　　但您应当视自己已驻我的心房。
　　　　　　　请您善意体谅我的告退，再会，

明日我等再来奉访。

公主 祝陛下政躬安康，顺心遂意。

国王 也祝您安康顺心！ 　　　　　　　　国王携朗格维与杜曼下

俾隆 女士，我要将您介绍给我的心。

罗瑟琳 请您替我向它问好，我倒乐意见它。

俾隆 我愿您听见它的呻吟。

罗瑟琳 这可怜东西莫不是害了病？

俾隆 害的是心病。

罗瑟琳 哎呀，给它放点血。

俾隆 这能有效果？

罗瑟琳 我的医学知识说能。

俾隆 可否借您慧眼将它刺？

罗瑟琳 那可不够硬 [1]，刀子借你。

俾隆 那么，愿上帝佑您不死于非命！

罗瑟琳 那愿上帝佑您阳寿早尽！

俾隆 我没法在此逗留向您致谢。 　　　　　　　　　　　　　下

杜曼上

杜曼 （对鲍益）先生，借问一下：那位姑娘是何人？

鲍益 阿朗松的继承人，名唤凯瑟琳。

杜曼 此女英姿飒爽。先生，再会了。 　　　　　　　　　　下

朗格维上

朗格维 （对鲍益）借步问一句：那一身白衣的女子是何许人？

鲍益 您若在光下见她，多半是个女人。

朗格维 见了光怕是举止轻佻。愿得她的芳名。

1　那可不够硬：原文 *Non point* 系法语，本义"一点也不"，结合上句中的 prick（刺），此处 no point 或暗示 no penis，即"没有阳物"。

鲍益	她就留给自己一个芳名，您想把它要去多可耻。
朗格维	请问，先生，她是谁家女儿？
鲍益	她母亲家的，我如是听闻。
朗格维	上帝保佑您的胡子！
鲍益	好先生，您可别生气。
	她是福康勃立琪家的继承人。
朗格维	好了，我愤已平。
	她真是最甜美可人的姑娘。 朗格维下
鲍益	不大可能不是，先生，大概是的。

俾隆上

俾隆	敢问戴帽子那位的芳名？
鲍益	赶巧唤作罗瑟琳。
俾隆	她可曾婚配？
鲍益	她可随心所欲，先生，差不多这样。
俾隆	那您大可迎娶她，先生，再见。
鲍益	再见同我讲，迎娶该您去。 俾隆下
玛利娅	最后那位就是俾隆，嬉笑怒骂的主儿。
	没有哪句话到他那儿不成了玩笑的。
鲍益	每个玩笑也不过是句空话。
公主	你能就他话茬反唇相讥，干得漂亮。
鲍益	他想要登船进攻，我也想上前迎战。
玛利娅	哎呀，两头疯羊[1]。
鲍益	为何不是"船"？
	别说是羊，乖羊羔，除非我俩在您唇上食草。
玛利娅	你是羊，我是草场。玩笑到此为止？

---

1 羊：原文 sheep 与下句中的 ship（船）音近，故作此双关语。

鲍益	只要您准我上草场。（作势吻她）
玛利娅	不可，乖畜生。
	我的双唇虽非一片，但自不是公地而属私有。
鲍益	属于谁？
玛利娅	属于我的命运和我自己。
公主	聪明之人爱拌嘴，上流之士达和解。
	有功夫唇枪舌剑打内战，
	不如找纳瓦拉王众较较劲。
鲍益	我的观察——向来极少出错，
	双眼能识这人心中的无声之言——
	此刻若也不相欺，纳瓦拉王准是害了病。
公主	害了什么病？
鲍益	就是咱们有情人所说的相思病。
公主	何以见得？
鲍益	原因嘛，他的所有行为
	最终集中到他那深情窥探的双眸。
	他的心好似玛瑙将您的小像镌刻，
	为他镌刻的小像自豪，他的眼里闪着骄傲。
	他的舌却只能说不能看而显得焦躁，
	跌跌撞撞急着要往他的目光里冒进。
	所有感官都往那一种感官里跑，
	只想将这天下最美的秀色看饱。
	依我看他的感官都锁在了眼底，
	好似那珠宝静待着王孙的采买，
	它们在玻璃柜中彰显着不菲的身姿，
	夺目的光彩招引路过的您将其购置。
	他自己的脸上写满了讶异，

	谁都能看出他被所见勾去了魂魄。
	您若是为了我献给他一枚香吻，
	我敢许您阿基坦和他所有的一切。
公主	到我帐里来，鲍益在寻开心。
鲍益	不过将他眼睛透露的用言语说出。
	我只是加了条不撒谎的舌头，
	好将他的双眼变成嘴巴。
罗瑟琳	你就是情场老手，能说会道。
玛利娅	他是丘比特的外公，从外孙处得消息。
罗瑟琳	维纳斯 [1] 定是随她母亲，她父亲这样丑。
鲍益	听见了吗，我的疯姑娘们？
玛利娅	没。
鲍益	那么，你们看见什么了吗？
罗瑟琳	嗯，我们的归途。
鲍益	真拿你们没办法。

众人下

---

1 维纳斯（Venus）：罗马神话中爱与美的女神，系丘比特生母。上句说鲍益是丘比特外公，此处又指维纳斯父亲丑陋，即揶揄鲍益。

第三幕

第一场 / 第三景

自大者亚马多与其侍童毛子唱着歌上

亚马多　唱吧，孩子，让我的听觉充满热情。

毛子　（唱）康考里耐尔[1]。

亚马多　悦耳的曲调！稚龄的，拿这钥匙去把那个乡巴佬放了，速速带他来见我，我要差他给我的爱送信。

毛子　主人，您是要用法国舞赢得您的爱吗？

亚马多　你这是什么意思？用法语吵架？

毛子　不，我无所不能的主人，是说要在舌端进出一支快步舞曲，您的脚要和着它起舞，眼皮随着它翻动，一叹一唱。有时从喉咙发声，好像您趁歌唱爱情之际将它吞咽；有时由鼻子哼唱，好似您寻嗅爱情时将它吸入。您的帽檐要遮住眼睛好似房檐遮着店铺，双臂交叉置于紧身衣的下襟好似炙叉上的烤兔，或是将双手插兜里好像古画人物般，别一直一个调，且唱且换。这是本事，这是急才，这能诱得姑娘们倾心，虽没这些她们也迟早沦陷——听众先生请注意——那些最善于此道的人还会因此出尽风头。

亚马多　你从哪儿得来的这些经验？

毛子　凭着一点一滴的观察。

亚马多　但是啊，但是啊——

1　康考里耐尔（Concolinel）：应为毛子所唱歌谣的名字，可能源自爱尔兰或法国。

毛子	"木马被遗忘了。"[1]
亚马多	你是管我的爱人叫"木马"[2]吗?
毛子	不,主人。那木马不过是不经事的小马驹,您的爱人是谁都能骑的母马。不过,您忘了您的爱人了吗?
亚马多	我差不多忘了。
毛子	不长记性的学生!把她记在心上!
亚马多	记在心上,放在心里,孩子。
毛子	还在心外头,主人。以上三样我都能证明。
亚马多	你要证明什么?
毛子	长大后能证明我必是条男子汉。而此刻即能证明心上、心里和心外:心上爱她因您不能在她边上,心里爱她因您的心已深陷在对她的爱情里,心外爱她因您无法享有她而把心抛在外[3]。
亚马多	这三样我都有。
毛子	还要多加三倍,但终归是一无所有。
亚马多	把那乡巴佬领来吧。他得为我送信。
毛子	这信送得真合适,马替驴子当信使。
亚马多	哈,哈,你说什么?
毛子	哎呀,先生,您该让那驴子骑了马去,他的脚程可是慢得很。我还是先走吧。
亚马多	路程短得很。去吧!
毛子	铅一般快,先生。
亚马多	什么意思,小机灵鬼?铅不是又沉又慢的重金属吗?

1 此句可能为某部已遗失的歌谣中的一句歌词。
2 木马(hobby-horse):有"娼妓"之义。
3 把心抛在外:原文 being out of heart 有"心灰意冷"之义。

毛子	非也，好主人，或者说，不，主人。
亚马多	我是说铅很慢的。
毛子	先生，您这结论下得太快了。 难道用大炮发射的铅弹也慢？
亚马多	云山雾绕的修辞！ 他这是说我是大炮他是弹药。 我这就用你向着乡巴佬开炮。
毛子	砰的一声，我飞出去了。 下
亚马多	多聪敏的少年，能说会道又举止风流！ 不好意思了，亲爱的上天呀，我要对着您的脸叹息。 最粗鄙的忧郁呀，勇气也要让位给你。 我的信使来了。

侍童毛子与乡巴佬考斯塔德上

毛子	出了怪事，主人！一颗脑袋[1]坏了胫骨。
亚马多	好个疑团，好个谜语。来吧，你来附言解释吧。
考斯塔德	不要疑团，不要谜语，不要附言，不要装包的膏药，先生。 啊，先生，车前草，普通的车前草！不要附言，不要附言，不要膏药，先生，就要车前草！[2]
亚马多	美德为证，你真是逗乐。你愚蠢的想法啊，我的脾啊。我的肺一起一伏，惹得我滑稽发笑。噢，原谅我，我的命星啊！这不长脑子的是把招呼[3]当成附言，把"附言"这个词当成一种膏药了吧？

---

1 脑袋：原文 costard 本义为"脑袋"，此处暗指考斯塔德（Costard）。——译者附注
2 考斯塔德错把 enigma（疑团）说成 egma，且把它与 riddle（谜语）和 l'envoy（附言）都成药物的一种。
3 招呼：原文 salve 在拉丁文中意指"招呼，问候"，和在诗文结束时的 l'envoy（附言）正好相反。

毛子	聪明人会作他想？附言不就是膏药吗？
亚马多	不，侍童，那是结语或释言，
	用以将前文里费解的地方变得平实易懂。
	现在，我来启发你，你且听好我的附言：
	狐狸、猿猴还有那大黄蜂，
	三只为奇数，争吵不停息。
	来了鹅一只，走出大门口，
	加一变成四，平衡争吵止。
毛子	好个附言[1]，拿个鹅来作结尾。你还能要求更多吗？
考斯塔德	这孩子显然取笑他是只呆鹅。
	先生，鹅要是肥得很，您这银子就没白花。
	取笑人和设计骗局一样巧妙。
	我来看看：肥"附言"一条——唉，肥呆鹅一只。
亚马多	上这儿来，上这儿来。怎么就谈起这个来了？
毛子	我是说一颗脑袋坏了胫骨。
	然后您就要我附言解释。
考斯塔德	对，而我就要车前草，接着您就长篇大论起来。
	然后这男孩来了条肥"附言"，就是您买的那呆鹅。
	这样市场上货色就全了。
亚马多	但告诉我，一颗脑袋是怎么就坏了胫骨的？
毛子	让我亲切地给您说一说。
考斯塔德	你不知道这切肤之痛，毛子。这条附言让我来说：
	我，考斯塔德，好好待监狱，差我往外跑，
	还没跑出去，门槛绊一跤。
亚马多	这事咱们不要再谈了。

1 附言：原文 envoy 这个单词结尾 oy 的发音和法语单词 oie（鹅）的发音相同。

考斯塔德	还得我这胫骨没事才行。
亚马多	考斯塔德你这小子，我要释放你。
考斯塔德	啊，让我娶位弗朗西丝[1]，我嗅出点"附言"和呆鹅[2]的味道。
亚马多	以我美好的灵魂起誓，我是说让你得到自由，解放你这个人。你之前是被囚、受限、遭捕又受缚的。
考斯塔德	是的，是的，现在您要做我的泻药[3]好让我的肠子松快些[4]。
亚马多	我给你自由，让你免受监禁，交换条件仅这一桩：（递过一信）且把此信交给那乡下姑娘杰奎妮妲。（递过钱）这是酬劳，你且拿去。打赏下人是对我名誉的最大保障。毛子，跟上。　　　　　　　　　　　　　　　　　　　　　　　　　　　下
毛子	我倒像个续篇[5]。考斯塔德先生，再会。　　　　　　　　　　　下
考斯塔德	我的心肝肉，我的小人精[6]！让我来看看这酬劳。"酬劳"——噢，这就是拉丁文说的三法寻[7]。三法寻——酬劳。"这彩带多少钱？""一便士。""不，我给你一个酬劳。"哎呀，交易就成功了。"酬劳。"嘿，这比法国克朗还妙的词儿，我以后做买卖可离不了它。

俾隆上

俾隆	嘿，我的好小子考斯塔德，幸得相会啊。
考斯塔德	求问先生您，一个人拿一个酬劳能买上多少条肉色缎带呢？
俾隆	一个酬劳是什么？

1　考斯塔德把 enfranchise（释放）听成了 en-Frances，Frances（弗朗西丝）是常见的妓女名字。

2　呆鹅：原文 goose 在俚语里有"妓女"之义。

3　泻药：原文 purgation 既有"脱罪"之义，又有"泻药"之义。

4　让我的肠子松快些：原文 let me loose 既有"释放我"之义，又有"让我腹泻"之义。

5　续篇（sequel）：此处与前文有关"附言"（l'envoy）的玩笑话相呼应。

6　小人精（Jew）：系爱称，可能与 juvenal（少年）构成双关语，或是 jewel（珠宝）的简写。

7　法寻（farthing）：面值为四分之一便士的硬币。

考斯塔德	哎呀，先生，就是三法寻。
俾隆	哦，那就能买三法寻的丝带。
考斯塔德	有劳先生。上帝保佑您！（欲走）
俾隆	嘿，等等，伙计，我得雇你。
	好小子，我请你替我去办件差事，
	这样你就会讨得我的欢心。
考斯塔德	您要我何时办妥，先生？
俾隆	哦，今日下午。
考斯塔德	好，我来办，先生。再会了。
俾隆	嘿，你还不知道是什么事情呢。
考斯塔德	先生，等我办妥自会知道。
俾隆	噫，混蛋，你得先知道。
考斯塔德	我明早去见您，先生。
俾隆	此事须得今日下午办妥。
	听着，伙计，此事也不过如此：
	公主要到这处林园行猎，
	她随行的侍从里有位淑女，
	舌头要是说话温柔，定是他们将她的芳名提起，
	他们称她为罗瑟琳。求见她，
	将这密函亲交到她那纤纤素手里。（递过一信及钱）
	这是你的犒赏，去吧。
考斯塔德	犒赏，啊，可爱的犒赏！这比酬劳强得多，多了足足十一便士外加一法寻。顶可爱的犒赏！我一定给您送去，先生，不出一丝差错。犒赏！酬劳！ 　　　　　　下
俾隆	哎呀我，实在是，陷到爱情里了！我，曾是笞打爱情的鞭，是专惩多情叹息的酷吏，是严厉的批评者，还是，守夜的巡官，

是强横的塾师，专治
那目空一切的男孩！
这位蒙了眼、瞎哭闹、盲目而任性的男孩，
这位年少的老爷，巨大的矮子，丘比特阁下，
他是情诗的统帅，抱臂沉思者的王，
叹息与沉吟者的神圣天子，
逡巡幽怨者的君主，
裙钗的无上国君，裆布的王上，
忙着为教会传唤作奸犯科者的元首和将帅
——啊，我这怯弱胆小的心！——
我就是他战场上的一名兵士，
戴着他的徽章好似杂技演员的套圈。
什么？我爱，我求爱，我求偶？
那女人就好比是座德国钟表，
永远在修理，一直出故障。
作为钟表，却从来走不准，
非得被看着才能循规蹈矩！
唉，最糟的是背弃了誓约，
三个中间偏又爱上最坏的。
这荡女生得白净，眉毛浓密，
两团煤球插脸上就作了眼睛。
唉，老天呀，便是有阿耳戈斯[1]当她的
内侍和护卫，她还是会做那丑事。
而我却为她长吁短叹，为她辗转反侧，
为她祷告神明！算了，这是丘比特
降罪于我，只因我藐视了

1　阿耳戈斯（Argus）：希腊神话里浑身长满眼睛的百眼巨人。

他那无限可怕的小小威力。

好吧，我就去爱，作诗，长叹，祷告，追求且呻吟。

我的小姐自让人倾心，琼 [1] 也有她的爱情。　　　　　　下

1　琼：原文 Joan 在此处指地位卑贱的女人，与 my lady（我的小姐）形成对比。

第四幕

第一场 / 第四景

公主、执弓林务官、侍女罗瑟琳、玛利娅与凯瑟琳及鲍益等众侍臣上

公主 向着陡坡峭壁策马扬鞭

疾驰而上的，可是国王陛下？

鲍益 臣不知，但我猜想应该不是。

公主 且不管是谁，确显意气风发。

好了，诸卿，今日我等会得到答复，

周六即可启程归返法兰西。

那么，林务官，我的朋友，树林何在？

我等好站准位置准备猎杀。

林务官 就在附近，那块灌木林边沿处

有个射击点，您站那儿定能射得漂亮。

公主 我得谢过我的美貌，我连射击也会漂亮，

所以你要说这射得漂亮的话来。

林务官 公主恕罪，我不是这个意思。

公主 什么，什么？先夸赞我，又要改口？

转瞬即逝的骄傲！不漂亮吗？呜呼哀哉！

林务官 不，公主，您漂亮。

公主 不，现在没必要再奉承我了。

不美的人，光靠赞美可不会变漂亮。

（递过钱）给，我的明鉴，这是赏你正言直谏，

说了坏话反得到厚赐，这可真划算。

林务官	您所拥有的就只是美丽呀。
公主	瞧瞧，行了善事，我就赎回了美丽。

啊，这关于美丽的邪说，还真配这个世道！

肯花钱的人，纵是丑陋，也能得到赞美。[1]

且拿弓来，仁慈的公主我要去杀生了，（接过一弓）

要是射得好反而是罪过。

如此，不论我射得如何都可保全名誉：

射不伤，当算我心存不忍，常怀悲悯；

射伤，就只当是展现了我行猎的本领，

为了博人一声喝彩而非杀生害命。

毫无疑问，如下情形时常有，

光荣因了丑陋的罪恶而负疚，

为了名望，为了称颂，这等肤浅之物，

我等为之折腰，失却了本心善良。

正如我让这可怜的小鹿血溅当场，

只为着博人喝彩而非是黑了心肠。

鲍益	悍妇们身持那套御夫术，
	当起她们自家老爷的老爷来，
	不也只是要博人喝彩吗？
公主	单为这喝彩，咱们也得给
	这制服了老爷的夫人叫好。

乡巴佬考斯塔德执信上

鲍益	来了个平民老百姓。
考斯塔德	上帝赐您良宵！请问谁是那领头的小姐？
公主	你这家伙，应该认得她，其他人没有头呀。

1　此处是对 the giving hand is fair（给予的手是美丽的）这句俗语的化用。

考斯塔德	哪位是最伟大的小姐，最高贵的？
公主	最粗最高的那位。
考斯塔德	最粗最高的。正是这样，事实就是事实。
	您的腰身，小姐，要是细得和我的才智一样，
	倒是可以系得上这几位小姐的腰带。
	您就是领头的女人吧？您是这儿最粗的。
公主	你来做什么，先生？来做什么？
考斯塔德	我这儿有封俾隆先生给罗瑟琳小姐的信。
公主	（对罗瑟琳）啊，你的信，你的信！
	他是我的一个好朋友。——
	一旁暂候，好信差。——
	（接过信递给鲍益）鲍益，你会切肉，
	把这阉鸡 [1] 切开。
鲍益	我自当遵命效劳。
	这封信送错了，它和在场诸位无关。
	它是写给杰奎妮姐的。
公主	我发誓，我们得读它一读。
	切断封蜡颈项 [2]，诸位都侧耳听听。
鲍益	（读信）"皇天为证，你的美是最确定无疑的，你的美是真的，而你的可爱就是真理本身。比美还要美，比漂亮还漂亮，比真理还要真，怜悯下你英勇的奴隶吧。宽宏大量而最具盛名的科菲图阿王青睐恶劣 [3] 的、地地道道的乞女齐妮

---

1 阉鸡：原文 capon 本义"阉鸡"，此处指情书。——原注；capon 有"娘娘腔"之义，在此用以嘲笑男子写情书的行为女里女气。——译者附注
2 上文以"阉鸡"代指"信"，此处用"切断封蜡颈项"表示打开信的封蜡，与上文阉鸡的形象相对应。
3 恶劣（pernicious）：此处或为亚马多的笔误，应写作 penurious（赤贫的）。

罗芳，他大可以来一句：朕及之，视之，终取之 [1]。这话用白话解释起来——就是最粗鄙含混的白话！——即为：他来了，看见了，征服了。他来，这是一；看见，这是二；征服，这是三。谁来了？国王。他来干甚？为了看。为何要看？为了征服。他去了谁处？去了乞女那儿。所见何人？乞女是也。他征服了谁？还是乞女。结论就是大获全胜。哪方获胜？国王。战俘也得了荣华富贵。哪一方？乞女。结局就是场婚礼。哪一方？国王。不，双方合为一方或者说一方里有他们一双。我呢，就好比这国王，而相对应的，你就好比那位乞女，这么作比也是因为你的地位卑下。我可以命你来爱我吗？我可以。我能迫你来爱我吗？我能。我会求你来爱我吗？我会。你的褴褛衣衫能换得什么？锦衣。无谓之物换什么？尊衔。你自己换什么？我。我期待着你的答复，我的唇任你的足亵渎，我的眼也任你的小像玷污，我的心则任你全身的一分一寸凌辱。你的，最最殷勤的唐·阿德里安诺·德·亚马多。

你听见涅墨亚狮子 [2] 的咆哮，

你已是他爪下猎获的羊羔。

且在他尊贵的足前臣服卧倒，

他或许会把猎杀当成嬉闹。

倘你抗争，可怜人，那会怎样？

作他消气的食物，巢穴里的大餐。"

---

1 及之，视之，终取之：原文 Veni, vidi, vici 为拉丁文，是尤力乌斯·凯撒（Julius Caesar）的名句。

2 涅墨亚狮子（Nemean lion）：希腊神话中，赫剌克勒斯十二项伟绩的头一项就是杀死涅墨亚狮子。

公主	写此信的人是何种显摆华羽的鸟雀？
	哪样的风向标？哪样的墙头草？你听过的可有比他写得好？
鲍益	若不是我记得这文风，怕也要被他骗过。
公主	要不然就是你记性坏，刚刚才爬过台阶[1]。
鲍益	这个亚马多是个西班牙，豢养在宫廷里。
	是个幻想家，一个妄人[2]，专门
	为国王和他的学友们逗乐的。
公主	（对考斯塔德）你这家伙，我且问你。
	此信是何人交给你的？
考斯塔德	我告诉过您，是我的大人。
公主	要你交于何人？
考斯塔德	从我的大人这儿交到我的小姐那儿。
公主	从哪一位大人到哪一位小姐？
考斯塔德	从我的好主人，俾隆大人那儿，
	交给一位他唤作罗瑟琳的法国小姐。
公主	你把他的信送错了。——来，诸卿，走吧。——
	（对罗瑟琳）过来，宝贝，把它收好，你的信早晚会到。

　　　　　　　　　　　　除鲍益、罗瑟琳、玛利娅和考斯塔德外众人下

鲍益	射手[3]是谁？射手是谁？
罗瑟琳	要我来告诉你吗？
鲍益	是啊，我这承载美丽的好人儿。

---

1 爬过台阶：going o'er 既可指"读过"也可指"爬过"，此句玩的是 style（文风）与 stile（台阶）同音的文字游戏。

2 妄人：原文 Monarcho（莫那柯）本是一个曾出入英国女王伊丽莎白宫廷的狂妄意大利人的绰号，后成为妄人的代名词。

3 射手：原文 shooter 和 suitor（追求者）发音相近，为双关语。

罗瑟琳	好啊，就是背着弓的姑娘。
	推脱得干干净净！
鲍益	小姐您是去猎杀鹿的，倘若您结婚后，
	却没多少鹿角[1]的收成，只管把我吊死好了。
	挖苦得漂漂亮亮！
罗瑟琳	那，好吧，我是射手。
鲍益	谁是您的鹿呢？
罗瑟琳	我们要是按着鹿角来选，可选不到你的头上。[2]
	挖苦得确实漂亮！
玛利娅	你还和她纠缠呢，鲍益，她可专射鹿头[3]。
鲍益	她自己被射中的部位要低得多[4]，我射中她没？
罗瑟琳	说起射中，我能用个极古老的说法回敬你吗？那时法兰西国王丕平[5]还是个孩子呢。这说法涉及"射中"[6]。
鲍益	我能用个同样古老的说法回敬您吗？那时英格兰王后姬尼佛[7]还是个小女孩呢。那里也说到射中。
罗瑟琳	你不能射中，射中，射中，
	你不能射中，我的好人。
鲍益	我不能，不能，不能，
	要是我不能，别人能。 *罗瑟琳与凯瑟琳下*

1　鹿角（horn）：据称妻子不贞则丈夫头上会长角。
2　此处或是挖苦鲍益妻子不贞，又或是嘲讽他没有成年鹿的角，暗示他的阳具尺寸不足。
3　专射鹿头：意指罗瑟琳专门嘲讽被妻子戴了绿帽子的人，即鲍益。
4　此处指射中心脏或下体，带性暗示。
5　丕平（Pepin）：18世纪的一位法国国王。
6　"射中"（hit it）：一首流行舞曲名，有性暗示。
7　王后姬尼佛（Queen Guinevere）：亚瑟王（King Arthur）的王后，对丈夫不忠。

考斯塔德　　说真的，有趣极了，这两人说得多合契[1]！

玛利娅　　　靶子打得真是准，他二人皆中的。

鲍益　　　　靶子！啊，此靶非彼靶！小姐说的是，靶子。

　　　　　　如果可以，给这靶安个靶心[2]，好瞄准。

玛利娅　　　这离靶子可左着呢，你手偏得很。

考斯塔德　　是的，得站得近些，不然可射不中靶心。

鲍益　　　　我要是手偏，或许您手准呢。

考斯塔德　　那她就会刺穿靶心，来个最佳一射。

玛利娅　　　得了，得了，你们满嘴油滑，污言秽语。

考斯塔德　　射靶你是射不进她的靶，先生，邀她滚球来把她赢。

鲍益　　　　我怕摩擦撞击得太厉害。晚安，我的好猫头鹰[3]。

　　　　　　　　　　　　　　　　　　　　　鲍益与玛利娅下

考斯塔德　　我发誓，这就一乡下人，最蠢的乡巴佬！

　　　　　　大人啊大人，小姐们和我已把他制服！

　　　　　　我说真的，这真是顶好的笑话，真是雅俗共赏，

　　　　　　它这样顺嘴而出，如此淫秽却又十分恰当。

　　　　　　亚马多，站一旁——啊，最优雅的男子！

　　　　　　看他走在小姐前，替她拿着扇子！

　　　　　　看他吻手，怎样温柔殷勤地许下誓言！

　　　　　　他的侍童在另一边，那个小机灵鬼！

　　　　　　啊，天呀，最是惹人怜爱的小东西！

　　　　　　（幕内呼喊）索拉[4]，索拉！

　　　　　　　　　　　　　　　　　　　　　考斯塔德跑着下

1　合契（fit it）：歌词韵律相和，暗指阴阳交媾。

2　靶心：此处的靶（mark）暗指女阴，靶心（prick）则暗指阳具。

3　猫头鹰：原文 owl 与上句的 bowl（滚球）押韵，有 hole（洞穴）的双关义，暗指女性阴道。

4　索拉（sola）：系打猎时的呼号。

第二场 / 景同前

德尔、塾师霍罗福尼斯与纳森聂尔上

纳森聂尔 真是令人敬畏的游戏，做起来还合乎人情。

霍罗福尼斯 那头鹿，您知道，正是血气方刚的年纪，像只熟透的大苹果，前一秒还像枚宝石坠在太虚、昊天、苍宇之耳，后一秒就像颗山楂果，落到了大地、平陆、尘世之上。

纳森聂尔 真是的，霍罗福尼斯先生，您的辞藻真是变幻多端，少说也是有个学者的样子。不过，先生，我敢肯定，它是只刚长出鹿角的五岁大的小公鹿。

霍罗福尼斯 纳森聂尔先生，吾弗信[1]之。

德尔 这才不是什么"吾弗信"，这是头两岁大的公鹿。

霍罗福尼斯 最野蛮的插嘴！但倒像是要通过解释来进行某种暗示，施以回应或者可以说炫示他的意向——以他那种不加梳理、未经雕琢、未受教育、不曾修剪、未加教导或者干脆说是文盲式的或者更直接说是愚昧无知的形式——来把我的"吾弗信"解释成一头鹿。

德尔 我都说了这鹿可不是什么"吾弗信"，它是头两岁大的公鹿哩。

霍罗福尼斯 煮了两遍的蠢物，烹之又二！
你这头无知的怪兽，面目是何其可憎！

纳森聂尔 先生，他未曾食得书中珍馐，也未曾嚼纸饮墨。他的智识

---

1 吾弗信（*haud credo*）：拉丁文，意即"我不相信"，德尔误将其理解为 old grey doe（老的灰雌鹿）。

　　　　　　未经开启，他不过是只畜生，仅有迟钝的感觉。

　　　　　　有此等无果之木置于面前，我等理当心存感激，

　　　　　　比起他来，我等的审美品位及敏锐感知

　　　　　　所结硕果可是累累得多。

　　　　　　我要是虚妄放肆或犯傻自是不应该，

　　　　　　让蠢材进学塾读书也同样是瞎胡来。

　　　　　　与教父[1]同心思，我说且各安天命，

　　　　　　不喜大风者众，难耐天气者稀。

德尔　　　您二位好学问，能不能用你们的智慧告诉我

　　　　　　何物在该隐[2]诞生日即已满月，如今却还不到五周大?

霍罗福尼斯　狄克廷娜[3]，德尔先生；狄克廷娜，德尔先生。

德尔　　　什么是狄克廷娜?

纳森聂尔　福柏、路娜、月亮的别称。

霍罗福尼斯　亚当满月后，月亮刚足月，

　　　　　　他活到百岁后，一个月也长不过五周。

　　　　　　名字换一换，谜语不曾变。

德尔　　　的确是。名字换一换，勾结[4]不曾变。

霍罗福尼斯　上帝救救你的脑筋吧! 我是说，名字换一换，谜语不曾变。

德尔　　　我是说，名字换一换，讹误不曾变。谁不知道一个月一直
　　　　　　就是一个月那么大；我再附加一句：公主猎杀的就是头两
　　　　　　岁的公鹿。

霍罗福尼斯　纳森聂尔先生，我为这殒命之鹿即兴作了首墓志铭，您可

1　教父：原文 old father 即 Church Fathers，指在基督教神学上具有权威的早期著作家。

2　该隐（Cain）:《圣经》人物，亚当（Adam）和夏娃（Eve）的儿子。

3　狄克廷娜:原文 Dictynna 为罗马月亮女神的名字之一，下文中的 Phoebe（福柏）及 Luna（路
　　娜）均为月亮女神的名字。

4　勾结：霍罗福尼斯说的是 allusion（谜语），德尔错听成 collusion（勾结）。

	想听一听？为这呆子德尔，我且称公主杀的是头两岁公鹿。
纳森聂尔	愿闻其详，霍罗福尼斯先生，愿闻其详，君子之作必当不俗。
霍罗福尼斯	我将用点儿头韵，以显辞工。

狩猎公主猎下一头喜人的两岁公鹿，

有人说是头四岁公鹿，今射伤令人心痛[1]，

猎犬争吠，给 sore 加个 L，三岁鹿就钻出灌木丛。[2]

要么是四岁鹿，要么是别的鹿，大伙齐呐喊忙起哄。

若是鹿儿伤，L 让这伤变成五十处。[3]

我再加个 L，就把一只四岁鹿变成百只三岁鹿。

纳森聂尔	旷世奇才。
德尔	（旁白）天才若是利爪，且看他如何用此爪搔人痒处。[4]
霍罗福尼斯	此乃鄙人的雕虫小技，不足道，不足道。仅是放纵的精神，满是影像、修辞、形状、物体、念头、构想、冲动、反思，此皆生于记忆之府，育于脑膜之宫，时机成熟即诞生问世。人若有此等的天赋倒也是好事，而我正因此心怀感念。
纳森聂尔	先生，我要为您赞美上帝；我的教友们也得赞美您，他们的儿子受您教诲，他们的女儿沾您雨露。您是这社会的优良分子。
霍罗福尼斯	对着大力神[5]起誓，他们的儿子若是聪颖，自会得教诲。他

---

1 sore 既可指四岁公鹿又有"伤痛"之义，暗示做爱时的疼痛。

2 三岁鹿：原文 sorrel 在词尾比 sore 多一个字母 L，有三岁公鹿之义，ell 则是阳具的委婉说法；灌木丛（thicket）：暗指阴毛。

3 L 在罗马数字中表示 50，这里提到的五十处伤暗含性病之义。

4 此处的 talent（天才）为 talon（爪）的另一种拼写形式，而 claw 既表示"搔抓"又有"谄媚逢迎"之义。

5 大力神：即赫刺克勒斯。

们的女儿要是可教，我自当亲身指教。但智者惜言。一个女子正在向我们打招呼。

杰奎妮姐和乡巴佬考斯塔德上

杰奎妮姐 早上好，牧刺[1]先生。

纳森聂尔 牧刺先生，是要刺了谁？要是有人要被刺穿，究竟是刺哪一位？

考斯塔德 得了，塾师先生，长得最像酒桶的人呗。

霍罗福尼斯 是要刺穿酒桶呀！下里巴人的智慧之光，燧石之火花，猪食之珍珠，也已足够。美得很，妙得很。

杰奎妮姐 （递信给霍罗福尼斯）好牧师，行行好给我读读这封信。考斯塔德拿来的，说是唐·亚马多写给我的。我请您给我读一下。

霍罗福尼斯 "福斯特，牧群荫下纳凉反刍之际，我请求您"[2]——云云。啊，好个老曼邱阿诺斯。提起您就像旅人提起威尼斯：

威尼斯，威尼斯，

未见之人岂知你的好。

老曼邱阿诺斯，老曼邱阿诺斯！读不懂你的人，岂懂去爱你？（唱）多、莱、嗦、啦、咪、发。对不起，先生，这信里是何内容？或者像贺拉斯[3]说的：什么，我的天，诗？

纳森聂尔 正是，先生，还写得十分文雅。

霍罗福尼斯 让我听一段、一节、一行吧，读吧，先生。

纳森聂尔 （念）"若爱让我背誓，我还如何为爱起誓？

---

1 牧刺：原文 person 系 parson（牧师）的粗俗发音。
2 此句系意大利诗人巴蒂斯塔·曼邱阿诺斯（Baptista Mantuanus，1447—1516）第一牧歌开篇诗行，此诗在当时家喻户晓。——原注；曼邱阿诺斯生于西班牙，长于意大利。他的诗文曾作为教授拉丁文的范文风行欧洲，对 16、17 世纪英国文学有较深影响。——译者附注
3 贺拉斯（Horace）：公元前 1 世纪的古罗马诗人。

　　　　　若非对美人起誓，怎会矢志不移？

　　　　　我虽背弃了我的誓言，对您却将忠贞不渝。

　　　　　誓言对我本是橡木难折，却因您变成杨柳易弯。

　　　　　改变了问学的初衷，研读起您的一双明眸，

　　　　　它们尽收一切学问所能有的乐趣。

　　　　　所求若是知识，识得您夫复何求？

　　　　　能够将您盛赞即算是学有所得，

　　　　　见了您还不称奇者必是无知愚妄，

　　　　　我仰慕您即是对我的嘉奖。

　　　　　您目似乔武[1]之闪电，音如乔武之雷霆，

　　　　　却非震怒，而系天乐和星光。

　　　　　斯是天人兮，宥彼错爱，

　　　　　凡俗之舌兮，仙姿难概。"

霍罗福尼斯　您漏了省略符，搞错了重音。（接过信）让我来看看这首诗。此诗韵律还算不错，但谈不上高雅、流畅和抑扬顿挫。奥维狄乌斯·那素[2]才是真诗人，那怎么就姓了"那素"了呢，还不是因为嗅出了想象的芬芳花朵，创作的神来之笔？模仿不值一提，就好像猎犬之于主人，猿猴之于饲养员，马儿之于骑手。不过，年轻的姑娘，这是写给你的吗？

杰奎妮姐　是啊，先生，这是俾隆大人写的，外国女王手下的贵人之一。

霍罗福尼斯　我来看一眼地址："最美丽的罗瑟琳小姐纤纤素手亲启"。我再看看这封信里的落款是如何向收信人署名的："愿供小姐

1　乔武（Jove）：即 Jupiter（朱庇特），系罗马神话主神。

2　奥维狄乌斯·那素（Ovidius Naso）：即古罗马诗人奥维德（Ovid），Naso 拉丁语中意指"大鼻子"。

您随意差遣的俾隆"。

纳森聂尔 霍罗福尼斯先生，这位俾隆正是同国王一起立誓的人；现如今他却给外国女王的侍女写情书，此信由于一时偶然或是因辗转而误投了。快去吧，好姑娘，将此信交到国王手上，此信恐怕是事关重大。你就不必行礼了，我准你如此，再见！

杰奎妮妲 好考斯塔德，与我同行吧。先生，上帝保佑您。

考斯塔德 我的姑娘，我与你一同前去。 卡斯塔德与杰奎妮妲下

纳森聂尔 先生，您这么做是敬畏上帝，非常虔诚。诚如某位神父所言——

霍罗福尼斯 先生，不要对我提神父，我最怕神父似是而非的说教。话说回来，这首诗您觉得怎么样，纳森聂尔先生？

纳森聂尔 字写得极好。

霍罗福尼斯 我今日要去我一个学生家吃饭，您要是在进餐前替整桌人祷告，我可凭与那对家长的交情带您一同出席。席间我会说明这首诗是如何不文雅，既无诗意与巧思，亦无任何独到之处。我请您同行。

纳森聂尔 那真是谢谢您，《圣经》上说了，结伴同行乃是人生幸事。

霍罗福尼斯 诚然，《圣经》所言一点也不错。——（对德尔）先生，我也请您同行。您切莫推辞，休要多言。——走吧，贵绅们打猎玩，我们也去找乐子。 众人下

第三场 / 景同前

俾隆独自上，手执一纸

俾隆　　王上他正将鹿儿逐，我却将我自个儿追[1]。他们铺网设陷，
　　　　我正在坑里深陷[2]，污秽的坑。污秽，淫邪的字眼。好吧，
　　　　悲哀，你且安顿，他们说傻子才这么说，我如今也这么说，
　　　　我就是傻子啊。多好的论证，机智！天啊，这爱情同埃阿
　　　　斯[3]一般疯狂，它杀死了群羊，杀死了我——我就是只羊。
　　　　又一佳论。我不要爱，我要是爱，就吊死我。说真的，我
　　　　不要爱。啊，但她的明眸——天光为证，若不是为这明眸，
　　　　我断然不会爱她的呀——对，就是因为这双眼眸。唉，我
　　　　在这世上一味说谎，满口诳语。天啊，我爱着呀，爱教我
　　　　作诗，令我忧愁。这就是我诗的断章，我的惆怅。如今，我
　　　　的一首商籁诗已交予她手。乡巴佬送信，傻子寄，小姐收。
　　　　可爱的乡巴佬，更可爱的傻子，最最可爱的小姐！对着世
　　　　界起誓，我才不在乎，他们仨是否也在情网里受苦。有人
　　　　持一纸来了。上帝让他为爱呻吟吧！

俾隆退至一旁。国王执一纸上

国王　　呜呼！

俾隆　　（至本场结束一直旁白）中了，天哪！继续吧，可爱的丘比

1　追：原文 coursing 或因与 cursing（诅咒）音近而构成双关语。
2　意指陷入爱情，无法自拔。——原注；此处的 pitch（坑）可能与前文俾隆形容罗瑟琳的眼
　　睛为 pitch ball（煤球）相呼应。——译者附注
3　埃阿斯（Ajax）：希腊神话里的英雄，他因没能得到死去的阿喀琉斯（Achilles）的盔甲而把
　　羊当成敌人来屠杀。

特，你的弩箭已击中他的胸膛，刺入心脏。当真是有秘密！

国王　（念）"金色的阳光香吻连连，

吻在玫瑰花瓣上的洼洼朝露，

甜不过你明眸善睐，清丽光线

射中我那滑下脸颊的寒夜泪珠。

银色的月亮皎洁而明亮，

洞穿大海澄明透彻的心，

不及你的脸透过我泪水的容光。

你在我落下的每一滴泪里耀映，

每颗泪都成了载你的车舆，

你在我的悲伤里凯旋而去。

且看看我如泉涌般的泪滴，

我的悲戚恰显示你的胜利。

莫要自恋，你会拿我的泪作镜，

还会让我一直为你泣哭涕零。

啊，后中之后，你是这么艳压群芳，

凡人之舌难言说，凡人之思难构想。"

她又如何得知我为她断肠？我且将此纸丢弃。

谢尔离离叶，将我痴心掩。何人来此？

朗格维执一纸上　　　　　　　　　　　　　国王退至一旁

什么，竟是朗格维，还在诵读？听着，耳朵。

俾隆　这下可好，和你一样，又来个痴汉！

朗格维　唉！我背了誓！

俾隆　嘿，他还真像个背誓的，还带着满纸罪状哩。

国王　（至本场结束一直旁白）我希望他也恋爱了，羞愧的路上好做伴。

俾隆　醉汉就爱有醉汉陪。

朗格维	我是第一个违背誓言的吗？
俾隆	我可宽慰你心，还有两人比你先。
	加你成三，兄弟的三角帽，
	爱情绞杀痴心人的三角刑架[1]。
朗格维	这生硬的诗句怕是难有动人的力量。
	（念）啊，亲爱的玛利娅，我爱的女王！
	（撕纸）我还是撕了这诗，改写散文。
俾隆	啊，诗歌是淘气丘比特裤上的饰物，
	可别损了他裤子的花褶。
朗格维	这首还算凑合。
	（读商籁诗）"您的那一双巧目善吐天言，
	世人皆无法辩驳自持己见，
	不正是它劝得我背誓变心？
	为了您背弃誓言应当受宽宥。
	我戒绝寻常女子而非戒绝您，
	这我能证明。您乃天仙下凡，
	我的誓言仅限凡尘而您属天庭，
	得您垂青可一扫我的罪名。
	誓言不过一口气，而气从水汽来。
	您就是那骄阳，照耀我这块大地，
	蒸发了我的誓言吸入了你的身体。
	纵是背誓也不是我的过错，
	就算是我背了誓，哪个痴人会
	为了一句誓言而错失整个天堂？"
俾隆	满心痴爱倒把凡人视作神明，

1　三角刑架：原文 Tyburn（泰伯恩绞刑场）为伦敦一处刑场，其绞架为三角形。——译者附注

把青涩小鹅[1]看成天仙，纯粹纯粹的偶像崇拜。

上帝拯救我们，上帝拯救我们！我们太过偏离正道。

朗格维 我该遣谁将它寄送？有人？且慢。（退至一旁）

杜曼执一纸上

俾隆 全躲好，全躲好，孩子们老掉牙的游戏。

我在空中一坐倒像半个神仙，

将这帮可怜痴人的秘密仔细窥看。

再多几只榆木脑袋！哦，天呀，竟又说中！

杜曼也变了节，四只呆鸟装一盘！

杜曼 啊，最圣洁的凯特[2]！

俾隆 啊，最渎神的傻瓜！

杜曼 以天为誓，确是凡人眼中的神迹！

俾隆 以地为誓，她才不是，只是肉体凡躯，你净瞎说。

杜曼 她琥珀色的头发让琥珀黯然失色。

俾隆 琥珀色的乌鸦倒也是稀罕难得。

杜曼 像松木一般正直。

俾隆 歪斜的，要我说。

她肩膀圆润似是珠胎暗怀。

杜曼 像白昼一样美。

俾隆 嗯，是和有些白昼一样，但肯定是没出太阳的白昼。

杜曼 啊，唯盼如愿以偿！

朗格维 （旁白）我也盼得偿所愿！

国王 （旁白）我也盼得偿所愿，仁慈的主啊！

俾隆 阿门，我也盼得偿所愿！这难道不是好意？

---

1 青涩小鹅：原文 green goose 既指单纯的年轻姑娘也指妓女里的新人。

2 凯特：原文 Kate 是 Katherine（凯瑟琳）的简称。——译者附注

杜曼　　　我想忘了她，但她像热病
　　　　　　在我的血液里焚烧，叫我只得记着她。

俾隆　　　血液里的热病？那么就割上一刀，
　　　　　　好把她放出来盛上。甜蜜的错误！

杜曼　　　我还要把我写的颂诗读上一遍。

俾隆　　　我还要听听爱情是怎么把才智变暗。

杜曼　　　（读商籁诗）

　　　　　　"一日——唉，那天！——
　　　　　　爱总在那五月天，
　　　　　　但见有花无限好，
　　　　　　款款兀自戏游风：
　　　　　　最是茸茸草木间，
　　　　　　风过无痕难觅踪。
　　　　　　相思人儿几断肠，
　　　　　　愿作上天一缕风。
　　　　　　'风'，他说，'拂您两颊，
　　　　　　风啊，我也想这般春风得意！
　　　　　　但是哎呀，我已立誓，
　　　　　　永不能将您从枝头攀摘，
　　　　　　誓言，唉，最是不宜少年，
　　　　　　少年乐事即是将春红折攀。
　　　　　　莫道我罪孽深重难饶恕，
　　　　　　背誓也全因了您的缘故。
　　　　　　乔武若见了您的美艳
　　　　　　定会把朱诺[1]背弃，因您

1　朱诺（Juno）：罗马神话中乔武之妻。

让朱诺黯然失色成丑妇，

为您的爱，神变身凡夫。'"

这诗我是要寄的，还得加点平实的文字，

好一表我一番真情，佳人难得的苦楚。

啊，但愿王上、俾隆和朗格维

也爱上别人！若有人先我违誓，

才好将背誓的罪状从我额前摘掉，

都爱得死去活来何必再互相声讨。

朗格维　（上前）杜曼，你的爱可不怎么高尚，

自己爱得苦楚还想拉别人陪你惆怅。

被人偷听去且抓到这样的把柄，

你倒可以脸色发白，我却定会脸红。

国王　（上前）来吧，先生，红给我看。你的情况和他一样，

你还有脸责骂他，罪加一等。

你难道不爱玛利娅吗？朗格维

从未因她的缘故书写情诗，

也不曾将双臂交叉覆胸襟，

按捺他那颗为爱澎湃的心？

我一直偷偷躲在这树林里，

悉获你二人之言并为你们脸红。

我听见你们罪恶的诗篇，观察你们的举止，

看到你们呼出的叹息，觉出你们的情愫。

一个长叹"呜呼"，一个叫喊"啊，乔武"。

一个说伊人秀发如黄金，一个称佳人柔目似水晶。

（对朗格维）你说你会为了你所谓的天堂将誓言背弃，

（对杜曼）而乔武为了你的爱人也会抛下糟糠妻。

也不知若俾隆听见如此重誓

已被打破，会有怎样的感言。

他会如何冷嘲热讽？他会如何调动才智？

他会如何洋洋自得，对此又跳又笑！

就算把我见过的所有财富都给我，

我也不想让他洞悉我的心事。

俾隆　　　（上前）现在我要挺身而出斥击虚伪。

啊，我的国王陛下，还请恕我无罪。

好个善人，您自个儿最是浸在爱情里，

哪来特权去苛责这两只爱里的可怜虫？

您的眼睛不曾造出过车舆，

眼泪也没映出公主的倩影。

您自是不会背誓，那是何等的丑事。

呸，吟游诗人才爱作商籁诗。

您难道不觉羞愧？不，你们三个，

被人听见这样的丑事还不觉羞愧？

（对朗格维）你抓住他的微尘小错，

王上揪出你的微尘小错，

而我却在你三人身上看见巨木大错。

啊，我这是看了一幕多么荒唐的剧，

满是叹息、呻吟、忧伤和惆怅！

哎呀，我坐在这儿得有多大的耐心，

看着堂堂国君变作哼哼蚊虫！

看着伟大的赫剌克勒斯抽弄陀螺，

渊博的所罗门则唱着欢快的小曲，

老迈的涅斯托耳[1]同幼童们玩起游戏，

1　涅斯托耳（Nestor）：特洛伊战争中的将领，以睿智著称。

厌世的泰门[1]竟然笑对无聊的玩具。

你的痛苦何在？啊，好杜曼，告诉我。

好朗格维，你的痛苦呢？

还有陛下您的？都在胸口吗？

来碗药粥，喂！

国王　　你太会挖苦人了。

我们的秘密都叫你看了去？

俾隆　　不是叫我看了去，是我叫你们给骗了。

我是这么的正直，我把背弃

我立下的誓言看作罪大恶极，

我因与尔等结交而深受欺骗，

尔等信誓旦旦实则诡诈善变。

你们可曾见我写什么情诗？

或为了某个女子[2]苦苦呻吟？

抑或为修饰自己而浪费时间？

你们何时听到我赞美手啊，脚啊，

脸啊，眼啊，姿态，风度，眉毛，酥胸，

纤腰，长腿或是玉臂——（欲走）

国王　　且慢！你着急离去是何道理？

如此慌张，究竟是好人还是贼偷？

俾隆　　我要速速离爱情而去。好情人，放我去吧。

杰奎妮妲执一信与乡巴佬卡斯塔德上

杰奎妮妲　　天佑吾王！

1　泰门（Timon）：莎士比亚悲剧《雅典的泰门》（*The Life of Timon of Athens*）中的主人公，是一位厌世的雅典人。

2　某个女子：原文 Joan 在此泛指女子。——译者附注

国王	你有何物要呈上来？
考斯塔德	某种谋逆。
国王	谋逆来这儿做什么？
考斯塔德	它什么也不做，王上。
国王	它要是什么坏事也不做的话，
	就请你和它一道安静地退下去吧。
杰奎妮妲	（递信给国王）我请求陛下，先看看这封信吧。
	我们的牧师[1]觉得它可疑，他说这是谋逆。
国王	（递信给俾隆）俾隆，读一下——
	（对杰奎妮妲）此信何处得来？
杰奎妮妲	考斯塔德处。（俾隆读信）
国王	你又从何得来？
考斯塔德	邓·阿德拉马狄奥[2]，邓·阿德拉马狄奥给我的。（俾隆撕信）
国王	这又是怎么了？你犯什么病？为何撕它？
俾隆	无关紧要，陛下，无关紧要，您不必担心。
朗格维	这还真让他激动，让我们来听听看吧。
杜曼	（拾起撕碎的信读）这是俾隆的笔迹，还有他的署名呢。
俾隆	（对考斯塔德）你这婊子养的愚蠢东西！你生来就是要让我
	蒙羞的。——
	我招了，陛下，我招了。我认罪，我认罪。
国王	怎么？
俾隆	你们三个痴汉加上我刚好凑一桌：
	他、他还有您——我的陛下——还有我，

1　牧师（person）：即纳森聂尔。

2　邓·阿德拉马狄奥（Dun Adramadio）：即剧中人物唐·阿德里安诺·德·亚马多（Don Adriano de Armado）。——译者附注

都是情场上的贼偷，都该获罪赴死。

唉，遣散闲杂人等，我好细细说来。

杜曼 现在就是双数了。

俾隆 对，对，我们是四个。

这双斑鸠¹还不退去？

国王 （对考斯塔德和杰奎妮妲）你们，退下！

考斯塔德 良民退开，逆臣留下。　　　　考斯塔德与杰奎妮妲下

俾隆 亲爱的大人们，亲爱的情人们，啊！让我们彼此拥抱！

身为血肉之躯，我等已竭力守信。

大海潮涨潮落，苍天亘古长新，

热血的青年守不了那古训旧律。

我等凡人断逃不过既定的天命，

此番我等背弃誓言乃注定如此。

国王 怎么，破碎的诗句是否吐露了你的爱情？

俾隆 "是否"？您这话问的。谁见了仙女般的罗瑟琳，

都要像印度的野蛮莽夫般，

待绮丽东方现出一抹新红，

便俯首称臣，目为之眩，

用他匍匐的胸膛把土地亲吻。

怎样决绝果敢鹰隼般的双眼，

胆敢直视她神采夺目的天颜，

而不被她的威严夺去了视力？

国王 怎样的狂热给了你这样的灵感？

我的爱人，你爱人的主人，是那轮皓月，

你的爱人，捧月众星的一枚，光芒微缺。

---

1 斑鸠（turtle）：即情人。

俾隆	那我宁愿我的眼睛不是眼睛，而我也不是俾隆。
	啊，但为着我的爱人，
	白昼也甘作黑夜！
	她瑰姿艳逸，杏面桃腮，
	凝聚这天地钟灵的美态，
	万般颜色着她尊荣一身。
	愿借天下巧舌驱辞逐貌，
	咄！这般流靡藻饰她不需要，
	代售的货品才要商贾的夸耀，
	她胜过一切美赞，美赞反损了她的娇妍。
	形容枯槁的老迈隐士年过百，
	视其秀目便抖落光阴五十载。
	美能抵岁月沧桑似予人新生，
	扶杖的衰龄变作婴儿之未孩。
	啊，阳光普照，万物生辉。
国王	对天发誓，你的爱人黑得像那乌木。
俾隆	她像乌木吗？上等的神木！
	此等神木所雕之妻乃天赐福缘。
	啊，谁来帮我宣誓，《圣经》何在？
	我发誓若美不学她的巧目顾盼，
	这美也终归是美中不足惹嗟叹。
	未生得黝黑脸便算不得俏佳人。
国王	一派胡言！黑乃地狱之征象，
	囹牢之沉色，暗夜之所在，
	只有白日清朗方配得上玉宇穹苍。
俾隆	魔鬼最善伪作光明天使前来引诱，
	啊，若我的爱人双眉着黛，

那是为痴心的愚人在默哀，

竟为脂粉与假发着迷倾倒，

她因此生来就要将黑变美。

她的面色要逆转时尚的标杆，

天生桃腮红如今被疑是妆容，

丹颜的女子未免世人的讥嘲，

自行涂黑脸，将她的黑面仿效。

杜曼	要画得似她这般黑，得去扫烟囱。
朗格维	有了她之后，煤矿工都算得上白净。
国王	埃塞俄比亚人也夸耀起自己的好肤色来。
杜曼	黑夜里也用不着掌灯，黑夜比她光亮。
俾隆	你们的情人们可不敢站到雨里， 害怕脸上施的脂粉被冲洗干净。
国王	你的爱人淋了雨可倒好，先生，这么跟你说吧， 今天她若没洗脸，恐怕还能好看些。
俾隆	我要将她的美证明，不然就在此说到末日来临。
国王	届时魔鬼还不如她丑恶得让你心惊。
杜曼	我还没见谁敝帚自珍到如此地步。
朗格维	（亮出他的鞋）看，这就是你的爱人。我的脚，她的脸，瞧。
俾隆	啊，要是用你的眼睛铺就道路， 她的玉足纤纤难在其上迈步。
杜曼	呸，真下流！她这么走过去，躺在 下面的道路该欣赏怎样的裙底风光。
国王	这是怎么了？我们不是都陷入爱情里了吗？
俾隆	千真万确，所以说咱们都是毁了誓的。
国王	那闲话少说，好俾隆，想想如何编套说辞 让我们的爱合法，且不致失信。

杜曼　　对，来吧，给这罪恶来点赞美。

朗格维　啊，引经据典来申辩。

　　　　　来点把戏托辞好将魔鬼哄骗。

杜曼　　为背誓找点慰藉。

俾隆　　确是当务之急。

　　　　　且听我道来，爱情的卫士们，

　　　　　想想你们当初立下的是怎样的誓言：

　　　　　斋戒、读书还有不近女色——

　　　　　这是对国王绚烂青春的最大谋逆。

　　　　　请问，你们饿得起吗？你们胃太娇嫩，

　　　　　禁食会引发种种病症。

　　　　　// 诸位，你们虽然发誓读书，//[1]

　　　　　// 却又置最重要的书于不顾。//

　　　　　// 你们还怎能凝思苦读寤寐以求？//

　　　　　// 你们几个，我的王上，你，还有你，//

　　　　　// 何时曾在不得见女子花容月貌时，//

　　　　　// 寻获到这学问的精妙好处？//

　　　　　// 我在女子的秀目里得出这样的道理：//

　　　　　// 她们是所有学问之基，是书籍，是学院，//

　　　　　// 真正的普罗米修斯之火[2]正是从此处燃起。//

　　　　　// 日日夜夜勤奋苦读消磨 //

　　　　　// 你们血液里的蓬勃生机，//

1　此起 23 行诗句皆标注在双斜线符号内，因它们虽出现在此剧早期的版本中，但疑似为后面
　诗行的草稿，故而在演出中应当删去。

2　普罗米修斯之火（Promethean fire）：普罗米修斯（Prometheus）系希腊神话中盗火的提坦神，
　他从天上盗取火种带到人间。

// 就像是长途跋涉会耗尽 //
// 旅人们本是充沛的精力。//
// 现在要是不能把朱颜看，//
// 就是背弃了眼睛的妙处，//
// 也背弃了尔等立誓读书的初衷。//
// 因为这世上哪有任何骚人，//
// 堪比女子的秀目教人以美？//
// 学问不过是我等的附庸，//
// 我们去哪儿学问就跟到哪儿，//
// 那么我们凝视美人的明眸，//
// 看见自己的影像映射其中，//
// 我们不也就看到了学问吗？//
啊，诸君，我们对学问立誓，
却又在这誓言里把书本丢弃，
敢问王上，你还有你，可曾在
沉闷冥想中觅得如美人灵动秋波般
能激发你们才思热情之物，
好写下这样火一般炽热的诗？
其他沉闷的学术只会困囿脑筋，
因而一些无知蠢材虽辛苦劳作，
到头来却是徒劳无功难有收获。
爱情则不然，先在秋波中习得，
它并不是孤独地幽居在脑海里，
而是与所有元素一齐运作，
如神思般迅捷，流转各个官能，
又赐予各个官能双倍的力量，
超出它们原先的作用与功效。

它给予眼睛极特殊的瞳力，
爱人的目光能亮瞎鹰隼的眼睛；
爱人的耳能觉察连警惕的小偷
都听不到的最细微的声响动静；
爱人的感觉比蜗牛的柔软触角还要
细皮嫩肉，吹弹即破，纤弱而敏感；
爱人的舌头比巴克斯¹更善辨味；
爱情不正似赫剌克勒斯一般勇武，
还在西方乐园的高树上摘金苹果²？
斯芬克斯³般诡谲，像阿波罗⁴用发丝
作弦的琴声般和乐精妙，音奏舒雅。
爱情若开口出声，好似诸神合唱，
使得天界都在这一片祥和中沉醉。
诗人若未用爱情的叹息调制笔墨，
又怎么敢提起笔来将这诗歌书写。
啊，他的诗行会迷住野蛮人的耳朵，
在暴君的心里种下温良谦逊的种子。
从女子的秋波中我得出了这样的道理：
她们让普罗米修斯的神火至今闪耀，
她们是书、是艺术、是学院，
教化四方、包罗万象、滋养众生，
否则世间万物都要失去它们的光彩。

---

1 巴克斯（Bacchus）：罗马神话里的酒神。
2 希腊神话中，赫剌克勒斯十二项伟绩中的第十一项就是在赫斯珀里得斯姊妹（Hesperides）
看守的果园里偷摘金苹果。
3 斯芬克斯（Sphinx）：希腊神话中狮身人面的有翼怪物，她将任何猜不出其谜语的人杀死。
4 阿波罗（Apollo）：希腊神话中的太阳神，也是音乐之神。

你们若要背弃这样的女子真是愚笨，
也就是说你们遵守誓言才是蠢物。
为了智慧，这让众人喜爱的字眼，
或为了爱情，这让众人有爱的字眼，
或为了男人，作为这些女人的创造者，
或为了女人，成就我们男人的孕育者，
让我们背弃一下誓言去追寻真我，
否则我们虽守得誓言却终将自己迷失。
这样的背誓算不得亵渎神明，
慈悲本身就是对戒律的履行，
又有谁能将慈悲同爱情分开？

国王　　那好，以圣丘比特之名！兵士们，冲呀！

俾隆　　诸君，举起你们的大旗，向她们冲去。
　　　　别管队形，且将她们扑倒！不过我得提醒，
　　　　交战时最好让太阳直刺她们的眼睛 [1]。

朗格维　现在得操枪实干，先把虚辞撇一旁。
　　　　我们是要放手去追求这些法国女郎吗？

国王　　还要赢得芳心暗许。让我们
　　　　在她们的帐篷里安排些娱乐节目吧。

俾隆　　首先，我们从御苑领她们去帐篷，
　　　　每人再将自个儿心仪姑娘的手儿牵，
　　　　领着她们回家园。下午我们要在
　　　　最短的时间内准备好新鲜玩意儿
　　　　供她们消遣，因为饮酒乐甚、歌舞欢宴

1　让太阳直刺她们的眼睛（get the sun of them）：sun 与 son 同音，此句还有"使她们怀孕生子"
　　的双关义。

正是爱情的良驱，将她们款步而来之路

事先铺满玫瑰花瓣。

国王　　　快去，快去！让我们抓紧时间，

一分一秒也不要浪费。

俾隆　　　走吧！走吧！播下莠草岂能收获良谷，

天道循环最是有因有果，

轻佻的女子最是要祸害 [1] 那背誓的公子，

如此，咱们的破铜板自是买不起珍宝 [2]。　　　　　众人下

1　祸害（plague）：暗指性病。

2　珍宝（treasure）：暗指阴道。

第五幕

第一场 / 第五景

塾师霍罗福尼斯、牧师纳森聂尔与巡丁德尔上

霍罗福尼斯　食以果腹为止。

纳森聂尔　先生，我为您赞美上帝。您在宴席上一番言论当真是犀利
隽永，风趣而止于俚俗，机智而止于造作，大胆而不放
肆，渊博而不自负，最是奇而不乖。我日前曾同国王左右
的侍伴交谈，他的尊号，或是称呼，叫做唐·阿德里安
诺·德·亚马多。

霍罗福尼斯　我深知此人。此人生性傲慢，言辞武断，油腔滑调，目空
一切，高视阔步，所有举止都显得荒诞浮夸。他过于讲究、
做作、矫饰而不合常规，要我说，他这就是洋腔洋调。

纳森聂尔　这可真真是精妙绝伦的评断。（取出他的笔记本）

霍罗福尼斯　此人没什么高论，却能巧饰辞令，轻绮流靡。我最恨此等
浮夸的妄人，不合群又穷讲究的家伙，破坏文字的罪人，
要说 doubt 的时候说成 dout，更把 debt 念成了 det：明明拼
作 d, e, b, t 而非 d, e, t。他还把 calf 读成 cauf, half
说成 hauf, neighbour 念作 nebour, neigh 缩成 ne。该是
abhominable，可叫他说成 abominable。快要把我逼疯了。阁
下知否？就是让我疯癫，神经错乱。

纳森聂尔　美哉上帝，我尽悉知。

霍罗福尼斯　　bone？　bone 该是 bene，不甚准确 [1]，尚可达意。

自大者亚马多，其侍童毛子与考斯塔德上

纳森聂尔　　可见来者其谁？

霍罗福尼斯　　余所乐见者。

亚马多　　小仔 [2]！

霍罗福尼斯　　为何是小仔而不是小子？

亚马多　　二位文士，幸会幸会。

霍罗福尼斯　　最英勇的武士，敬礼。

毛子　　（旁白。对考斯塔德）他们刚参加完文字的盛宴，还偷了些残
　　羹冷炙。

考斯塔德　　（对毛子）他们一向靠咬文嚼字活着。我倒纳闷你的
　　主人没把你当文字 [3] 吞咽下去，你从头到脚还没那个
　　honorificabilitudinitatibus [4] 长哩。吞你下肚可比吞那白兰地酒
　　里燃烧的葡萄干容易。

毛子　　安静！钟声敲起来了。

亚马多　　（对霍罗福尼斯）先生，您不是学富五车吗？

毛子　　是的，是的，他教小孩子读角书。把字母 a、b 倒过来头上

1　不甚准确（Priscian a little scratched）：原文中的 Priscian（普里西安）为古罗马拉丁语
　　语法学家，其著作在 16 世纪仍在使用。——原注；俗语中形容拉丁文有误者常说 to break
　　Priscian's head（打破普里西安之头），此处嘲讽纳森聂尔所说"我尽悉知"（*bone intelligo*）中
　　的拉丁文法有误。——译者附注

2　小仔：原文 chirrah 是 sirrah（小子）或希腊文中的打招呼语 chaere（好啊）的误用。

3　当文字（for a word）：因毛子（Moth）名字的发音与法语 *mot*（意为"单词"）近似，故在
　　此谐用双关语。

4　*honorificabilitudinitatibus* 据认为是最长的拉丁语单词。

再加一只角是什么字？[1]

霍罗福尼斯 Ba[2]，孺子，再加一只角。

毛子 Ba，多蠢的长了一只角的羊儿。你们听听他这学问。

霍罗福尼斯 谁，谁，你这个不能独自发音的辅音[3]？

毛子 要是你来说，就是元音字母表的最后一个；要是我来说，则是第五个。

霍罗福尼斯 我来说：a，e，i——

毛子 这蠢羊。后面两个刚好总结陈词 o，u[4]。

亚马多 现如今，借地中海咸风[5]起誓，这真是甜蜜的一击，才智的迅捷一刺，干净利落，直取要害！甚慰我心，真是机智！

毛子 这是小子给老人家的献礼——一只蠢王八[6]。

霍罗福尼斯 说的什么话？说的什么话？

毛子 许多角[7]哩。

霍罗福尼斯 你说话像个婴儿。去，抽你的陀螺玩去。

毛子 借你一只角来做陀螺，我准保把你的耻辱抽得团团转。好一个王八壳子做的陀螺啊。

考斯塔德 如果我就剩一便士也要给你买姜饼吃。拿去吧，这是你

1　毛子将亚马多所说的 lettered（学富五车）误认为 literate（会读写的）；角书（hornbook）指一种教具，为裱在木板上展示字母、数字、祷文等的一张纸，其上覆有薄角质层作保护。——原注；毛子将 hornbook 按字面意思理解为"角书"，故而有后面字母 a，b 倒过来拼写再加角一说。——译者附注

2　Ba 为羊叫之声。

3　辅音（constant）：因其无法脱离元音发声，故有"无足轻重"之义。

4　字母 i 与 I（我）同音，此处系毛子取笑霍罗福尼斯承认"我"是蠢羊。o，u 取 oh ewe（啊，蠢羊）之义。

5　咸风：原文 salt 既有"咸的"之义，又有"风趣的"之义。——译者附注

6　蠢王八：原文 wit-old 与 wittold 或 wittol 双关，即"虽知妻子失贞还心安满足的人"。

7　角（horn）：长角暗指妻子出轨。

主人给我的酬劳，你这机智的小钱袋，伶俐的小鸽子蛋。啊！上天要是让你做我的私生子，你会让我成为多么快乐的父亲啊！你真是字字珠玑，就像他们说的：*ad dunghill*[1]，连粪堆堆都那么聪明。

霍罗福尼斯　哎哟，错误的拉丁文，dunghill 该是 *unguem*。

亚马多　学者，请了。让我们从野蛮人中脱颖而出。您不是在山顶的学校里教授年轻人吗？

霍罗福尼斯　或者说是小丘[2]，小山。

亚马多　悉听尊便，反正都是山。

霍罗福尼斯　正是，没有问题。

亚马多　先生，国王陛下有此圣意，在今日的后部，也就是粗人说的下午，去帐篷那里亲访公主殿下。

霍罗福尼斯　最高贵的先生，用今日的后部来代称下午，果真是合适、妥帖、允恰。这词选得好，精准、美妙而适宜。我向您保证，先生，我保证。

亚马多　先生，国王是高贵的谦谦君子，他和我熟得很哩，我向你保证，他算是我很要好的朋友。我俩之间的交情，不提也罢。我请你，注意礼节，脱帽致敬；再请你，戴回去吧。至于其他要紧严肃而且关系重大的事，咱们先按下不表，我得告诉你，对众发誓，国王陛下他常爱靠在我卑微的肩上，用御指拨弄我的毛发和胡须。不过，好人儿，这也可以不提。对众发誓，我可没编故事，圣上确实曾将一些殊荣赐给过我亚马多，这样一位军人、旅行家、见过大千世

1　*ad dunghill* 是拉丁文 *ad unguem* 的误用，即 to the fingernail（细节上都正确），dunghill 则为"粪堆"。

2　小丘：原文 *mons* 暗指 *mons veneris*，即"女性阴阜"。

界的人士——但这都不消说。一切的一切不过是这样——可是好人儿，你可得替我保密——王上他嘱我给公主殿下，那可人的小娇娘，表演些有趣的节目，舞台剧也好、游行表演也罢，或是滑稽戏，或是放烟花。对于此类寻开心、找乐子的事情，我晓得牧师先生和您二位最谙此道，所以特为此来向二位求助请教。

霍罗福尼斯　先生，您大可为她上演"九大名人"[1]。纳森聂尔先生，我们奉国王之命，受此最英勇、显贵而博学的贵绅之托，要在今日的后部为那公主殿下表演时兴的娱乐节目。要我说，没有比"九大名人"更合适的了。

纳森聂尔　您上哪儿找能演得了名人的合适演员呢？

霍罗福尼斯　（指着唐·亚马多）您就演约书亚，我演犹大·马加比，这位英勇的贵绅演赫克托耳。这乡下人，膀大腰圆，可以演庞培大帅[2]。侍童就演赫剌克勒斯。

亚马多　不好意思，先生，此处不妥，他这小身板还不及名人的大拇指。他还没名人的大棒那么粗呢。

霍罗福尼斯　我能解释一下吗？他就演幼年时期的赫剌克勒斯，他从上场到下场只需要掐死一条蛇[3]，我还会加一段正式的说明。

毛子　好计策。如此一来，就算观众发出嘘声，你只要大喊："干得漂亮，赫剌克勒斯！现在你把蛇掐死了。"这便能把纰漏

1　"九大名人"（the Nine Worthies）：为一出常见剧目名，九大名人指三个犹太人：约书亚（Joshua）、大卫（David）和犹大·马加比（Judas Maccabaeus），三个不信教的人：特洛伊的赫克托耳（Hector of Troy）、亚历山大大帝（Alexander the Great）、尤力乌斯·凯撒（Julius Caesar），三个基督徒：亚瑟（Arthur）、查理大帝（Charlemagne）、布永的戈弗雷（Godfrey of Bouillon）。——原注；这九个人代表了中世纪的骑士精神。——译者附注
2　庞培大帅（Pompey the Great）：公元前 1 世纪古罗马著名的将军。
3　赫剌克勒斯还是婴儿时，就曾将朱诺派来杀他的两条蛇徒手掐死。

	变得光鲜，虽然没人好意思这么干。
亚马多	其余名人呢？
霍罗福尼斯	我一人分饰三角。
毛子	三倍的名人哩。
亚马多	要不要我告诉你一件事？
霍罗福尼斯	洗耳恭听。
亚马多	若是这个演不成，咱们就来出滑稽戏，请跟我来。
霍罗福尼斯	来吧，德尔老兄！您到现在还没开腔呢。
德尔	我一句话也没听懂，先生。
霍罗福尼斯	来！我们对你也有安排。
德尔	我可以跟着跳跳舞什么的，或者 我可以为名人们敲鼓助兴，让他们去跳舞。
霍罗福尼斯	最愚蠢、最实诚的德尔！要我们的去，走吧！　　　　众人下

第二场　/　第六景

公主、凯瑟琳、罗瑟琳与玛利娅众贵女上

公主	诸位好人儿，若是礼物还这样源源不断， 我们回国之前可就要发财致富了。 （展示一珠宝）瞧瞧这镶钻的女人像！ 这就是多情的国王送我的。
罗瑟琳	公主，没有别的东西一起送来？
公主	除此无他？有，还有情诗呢！

满溢的爱把一页纸挤得满满当当，

两面全是，边儿都没留，他最后不得不

在丘比特的名字上封蜡盖章。

罗瑟琳　这倒是叫小爱神长大[1]的法子，

他这五千年来都是小孩子。

凯瑟琳　嗯，还是个该被绞死的害人精。

罗瑟琳　你再也不会和他交朋友，他害死了你的姐姐[2]。

凯瑟琳　他让她愁眉不展，悲伤而沉郁，

她就这么香消玉殒了。她要是像你这般轻佻、

快乐、聪颖又活泼开朗，

她大概可以活到做人祖母的年纪。

你应该就可以，越是无忧无虑，越能长命百岁。

罗瑟琳　你这小耗子，说我轻佻是何歹毒用意？

凯瑟琳　黑美人最有轻佻的气质。

罗瑟琳　我们得多点蜡烛才能揭开你黑暗的用心。

凯瑟琳　你若生气掐灯芯，蜡烛可就灭了，

那我就黑灯瞎火地结束这场争论。

罗瑟琳　看，不管你做什么都躲黑暗里见不得光。

凯瑟琳　你倒是见得了光，你本就是个轻佻的主。

罗瑟琳　我是没你重，倒也称得上轻吧。

凯瑟琳　你没我重？噢，那是因为你不重视我。

罗瑟琳　理由充足：无药可救者自不必在乎。

公主　你二人针锋相对、旗鼓相当。

不过，罗瑟琳，你也收到了一份礼物。

1　长大：原文 wax 表示"增大"，与 wax of the seal（封蜡）构成双关语，此处暗指阳具变大。
2　或指凯瑟琳的姐姐因爱而死。

	谁送来的？是什么？
罗瑟琳	我倒希望您知道。
	若是我的脸生得同您一样美艳，
	我也能收到同样贵重的礼物。
	（展示爱情信物和情书）瞧这个吧：
	哼，我也收到了情诗，我谢他个俾隆。
	这音步算得不错，也挺会数数，
	我是这人世间最美的仙女。
	我堪比两万个漂亮女子。
	哟，他在信里还描绘了我的肖像呢！
公主	像不像？
罗瑟琳	黑体字嘛，倒是黑得像我，内容就差强人意。
公主	俏美如墨，总结得妙。
凯瑟琳	和黑体字一样雅正漂亮。
罗瑟琳	当心画笔，怎么？我是不会让你[1]占了便宜。
	标示礼拜日的红字，标示节假日的金字[2]。
	噢，但愿你脸上别密密麻麻全是天花痘印！
公主	让这玩笑出天花，我诅咒所有悍妇都染病。
	不过，凯瑟琳，好杜曼送了什么给你？
凯瑟琳	（展示一手套）回公主，这只手套。
公主	他没送你一双？
凯瑟琳	送了，公主，此外还有
	一个痴情人的数千行诗。
	一大堆虚情假意的废话，

1　你：指的是凯瑟琳。——译者附注

2　金字（golden letter）：指凯瑟琳的金色头发。

	拙劣不堪，愚蠢至极。
玛利娅	（展示情书和珍珠项链）这情书还有这项链是朗格维送我的。
	这情书长得有半英里路了。
公主	我想只长不短。你心里是不是想
	这项链再长一点，情书倒可以短？
玛利娅	正是，不然我的双手可不好分开了[1]。
公主	我们是聪明姑娘，才把情郎讥嘲。
罗瑟琳	他们是呆子中的呆子，跑来买我们的讥笑。
	我可得在走之前把那俾隆修理一番。
	我要是知道他不到一周就落入情网，
	我定是要叫他摇尾乞怜，大献殷勤，
	要让他静待时机，循规蹈矩，
	要他为写无聊诗句绞尽脑汁，
	要他随时候命专供我的调遣，
	纵是我百般戏弄仍心存感激！
	像是拿到王牌，我将他完全制服，
	他就是我的玩物，命运被我掌握。
公主	聪明人要是变糊涂，
	一被抓住就再难逃出。
	荒唐在智慧之中孕育，
	博学让人觉不出愚妄。
罗瑟琳	年轻人的热血燃烧起来，
	倒不如年长者那般愚昧放肆。
玛利娅	愚人的痴笨不稀奇，
	聪明人犯傻才够劲，

---

1 玛利娅可能是把项链绑在了手上。

他会使出浑身解数，

证明愚昧里的才智。

鲍益上

公主　　　鲍益来了，满脸笑意。

鲍益　　　笑煞我也，公主何在？

公主　　　何事禀报，鲍益大人？

鲍益　　　警惕，公主，警惕！

武装，姑娘们，武装！敌军集结

要来搅乱尔等的平静。爱情乔装改扮，

用那花言巧语作武器，欲将诸位伏击。

诸位集合才智，做好布防，予以反抗。

要么就像个懦夫似的，缩着脑袋逃亡。

公主　　　圣但尼[1]对战圣丘比特！

我们应对的又是何方神圣？探子你说。

鲍益　　　枫树荫下好乘凉，

微臣我正待闭目小憩，

却见那国王携同伴

走向这一处荫凉，

微臣我一个机灵，睡意全无。

小心翼翼到边上的树丛躲起，

我把该偷听的都偷听了个遍。

过一会儿，他们将乔装出现，

打先锋的是个侍童狡黠善辩，

他早已把那报文熟记在心间，

姿势腔调都受了他们的指点：

1　圣但尼（Saint Denis）：法国的保护神。

"你得这么说"还有"身体得这么摆"。
他们又时不时发出质疑，
生怕他在殿下面前失了分寸，
"因为"，国王说道，"你将把天使见，
但不必害怕，放大胆子发言。"
那孩子应对道，"天使非奸邪，
她要是恶魔，我才会胆怯。"
听闻此言，众人笑着拍他的肩，
受了夸赞，轻狂的小子更大胆。
一个摸着他的肘，咧着嘴笑，
发誓说他从没听过这么好笑的。
另一个则乐得打起了响指，大喊，
"走！不论结果，咱们干起来先。"
第三个则边跳边嚷，"顺顺当当。"
第四个踮着脚尖转了一圈却摔一大跤。
见此，大伙儿都笑翻在地直打滚，
笑得是如此疯狂，如此放浪形骸，
为了要控制一下此等的不羁狂妄，
可笑的滑稽中流下了严肃的热泪。

公主　　但要怎样，要怎样，他们是要造访？
鲍益　　是的，是的，穿着别样的衣裳，
　　　　莫斯科人或说俄国人的，我这么猜想。[1]
　　　　他们来为着攀谈求爱把舞儿跳，
　　　　对着自己的心上人儿把衷肠诉，
　　　　为了要找到各自的爱人不出错，

1　原文此句未押韵，可能缺行。

	得将先前馈赠的信物辨认清楚。
公主	他们胆敢如此？先试他们一场，
	姑娘们，咱们每人将面具戴上，
	不论他们如何花言巧语地恳求，
	也不能让他们窥见咱几个的脸。
	拿去，罗瑟琳，戴上这个信物，
	国王就会错当你是他的心上人。
	拿着，好人儿，再把你的给我，
	（公主和罗瑟琳交换信物）
	俾隆就会把我错当作了罗瑟琳。
	你们两个也快把信物相互交换，
	（凯瑟琳和玛利娅交换信物）
	这样你们的爱人也会认错对象。
罗瑟琳	来吧，把信物都戴在最显眼的地方。
凯瑟琳	但这样交换究竟用意何在？
公主	我这用意就是要搅和了他们的用意，
	他们这么做不过是成心戏弄我等，
	我呢，就是要用戏弄来对付戏弄。
	他们一个个自会情话绵绵，
	对着认错了的姑娘吐露心声，
	待到下次我们以真面目相见，
	便可尽情地把他们奚落嘲笑。
罗瑟琳	那他们要是请我们跳舞，能答应吗？
公主	不，我们死也不能挪步，
	也不能理会他们预先写好的词句。
	他们一开口，咱们就把脸背过去。
鲍益	唉，这么不赏脸会叫人伤透了心，

把要说的话都忘个干净。

公主　　　所以我才这么安排，我敢说

他要是讨了没趣，其他人也不敢造次。

最好的玩笑就是以玩笑攻克玩笑，

让他们作了笑料，我们自个儿偷着乐。

我们在这场戏弄的游戏里，守住了阵脚，

他们则备受奚落嘲笑，仓皇地败阵而逃。　　　号角齐鸣

鲍益　　　号角响了，戴上面具。戴面具的来了。（众贵女戴上面具）

众黑人[1]随乐声，侍童毛子执一讲稿，国王、俾隆、朗格维和杜曼众贵绅穿戴着俄罗斯服装及面具乔装而上

毛子　　　万福，世上最富丽的美人儿！

俾隆　　　（旁白？）不比做面具的丝缎更富丽。

毛子　　　一众圣洁高贵的女士。

将她们的——（众贵女转身背对他）

背影——向世人展示。

俾隆　　　（旁白。对毛子）她们的**眼睛**，混蛋，**眼睛**！

毛子　　　将她们的**眼睛**向世人展示！完……

鲍益　　　还真是。这样就算完。

毛子　　　完全依你们的喜好，神圣的灵魂，

不得观看——

俾隆　　　（旁白。对毛子）**敬请观看**，混球。

毛子　　　敬请观看，以你们日光般的眼睛……

以你们日光般的眼睛……

鲍益　　　她们不会理会这样的描绘。

1　众黑人（Blackamoors）：此处指的是化装打扮成黑人的侍从。

	你最好改称"月光般的眼睛"[1]。
毛子	她们不理会我,我都说不下去了。
俾隆	这就是你的烂熟于胸吗?滚吧,你这混蛋!　　　毛子下
罗瑟琳	(假装成公主)此等外邦人意欲何为?鲍益,你且上前询问。
	如果他们讲得我邦语言,
	且遣个老实人过来应对,
	把此行目的向我等言明。
鲍益	尔等求见公主作甚?
俾隆	无他,只是善意谒见。
罗瑟琳	他们说来此作甚?
鲍益	无他,只是善意谒见。
罗瑟琳	哦,那见也见了,让他们回吧。
鲍益	殿下说,见也见了,你们可以回了。
国王	请转达殿下,我们"不远万里,长途跋涉,
	只求与你们在这草地上共舞一曲"。
鲍益	他们说他们不远万里,长途跋涉,
	只求与你们在这草地上共舞一曲。
罗瑟琳	没有这样的事情。你且问他
	这一英里有多少英寸。若真是行了那么长的路,
	算起这个来应该是十分容易的。
鲍益	如果你们真是不远万里,
	长途跋涉,公主让你们说说看
	这一英里到底有多少英寸。

1　月光般的眼睛(daughter-beamèd eyes):原文上句 sun-beamèd eyes(日光般的眼睛)中的 sun(太阳)与 son(儿子)为同音词,故鲍益戏说要将 sun-beamèd 改成 daughter-beamèd。——原注;中文里日、月恰对应儿、女,故此处如是译。——译者附注

俾隆	请回禀殿下，我们是拿疲惫的双脚来丈量的。
鲍益	殿下听见了。
罗瑟琳	尔等走过这漫漫长路，
	就且给我算算看，每走一英里，
	疲惫的双脚到底是走了多少步？
俾隆	我们为了您不会去算计这些。
	我们的职责如此充实而无穷无尽，
	我们可以为之不计代价赴汤蹈火。
	恳求您屈尊赐福一展脸上的阳光，
	以供我等像原始人一般将其膜拜。
罗瑟琳	我的脸只是月亮，而且还乌云蔽月。
国王	能作蔽月的云朵，这乌云何其有幸！
	恳求您，皎皎明月，且携众星，
	拨开云雾，照耀我们的眼波。
罗瑟琳	啊，虚妄的祈求者！该当立下宏愿，
	却只要这水波中的月光。
国王	那就请求您陪我跳上一曲。
	你让我发宏愿，我这请求算不上离谱吧。
罗瑟琳	好吧，音乐，起！（奏乐）你可得快点跳。
	还没准备好？那不跳了！我正如月亮般善变。
国王	您不跳了？您怎么突然如此冷淡？
罗瑟琳	你之前看到的是满月，现在她已改变。
国王	但她还是月亮，而我仍是凡人。
罗瑟琳	音乐还没停，请随它动起来。
	我们耳朵等着呢。
国王	您的腿应该动一动。
罗瑟琳	你既是外邦人，偶然经过，

	我们也不愿太矜持，握握手吧，（伸出她的手）跳舞就算了。
国王	那又何必握手？
罗瑟琳	为了和朋友道别。
	行个礼，好人儿，舞就算跳完了。（音乐止）
国王	再多跳会儿吧。不要矜持。
罗瑟琳	这个价钱，我们也只能奉陪到此。
国王	您开价吧，多少钱能买得您的陪伴？
罗瑟琳	你的缺席即是价钱。
国王	这可不能照办。
罗瑟琳	那就买不到我们。好了，再会。
	对你的面具说两回再会，对你就只有半回。
国王	您若拒绝跳舞，就让我们多说会儿话。
罗瑟琳	那得私下里谈。
国王	我再乐意不过了。（两人一旁交谈）
俾隆	（对公主）手纤似玉的姑娘，我要同您讲一句甜蜜的话儿。
公主	（假装成罗瑟琳）蜂蜜、牛奶和白糖，这就三句了。
俾隆	您要是这般俏皮，就让三点翻倍，
	蜂蜜酒、麦芽汁还有马姆齐甜酒。骰子一掷！
	这就来了半打的甜蜜。
公主	这第七样甜蜜就是再会。
	你既是赌徒会蒙骗，我再不同你相戏耍。
俾隆	私下再说一句。
公主	可别又是甜蜜。
俾隆	你愁煞了我的肠胆。
公主	胆！真苦。
俾隆	所以说得恰当啦。（两人一旁交谈）
杜曼	（对玛利娅）您愿意和我交换说句话吗？

玛利娅	（假装成凯瑟琳）说吧。
杜曼	美丽的姑娘——
玛利娅	你这么说呀？美丽的先生。
	用来交换你的"美丽的姑娘"。
杜曼	随您高兴，
	赏脸私下说句话，我便可离去。（两人一旁交谈）
凯瑟琳	（假装成玛利娅）怎么，你的面具是没装舌头吗？
朗格维	我知道您言下何意。
凯瑟琳	哦！你倒是说说看！快说，先生，我想听着呢。
朗格维	您的面具下是有两条舌头，
	想匀一条给我这不会说话的面具。
凯瑟琳	"Veal"[1]，荷兰人这么说的。这 Veal 可不就是小呆牛吗？
朗格维	小呆牛，美丽的姑娘？
凯瑟琳	不，美丽的小呆牛先生。
朗格维	我们平分这个词。
凯瑟琳	不，我不作你的那一半。
	整个拿去，断了奶，它就变大笨牛了。
朗格维	看，您在这尖刻的嘲讽中多像个乱顶乱撞的牛。
	您会让我头上生角吗，贞洁的姑娘？可别这样。
凯瑟琳	那快趁你还是小呆牛没长角的时候去死吧。
朗格维	在我死之前，请求与您私下说一句话。
凯瑟琳	那就哞哞轻声叫，小心屠夫听见你呼号。（两人一旁交谈）
鲍益	姑娘们伶牙俐齿善嘲讽，

1　原文 veal 是 well（好）的荷兰式发音，此系对朗格维上句所言的评价。veal 又与朗格维（Longaville）名字后半部分的 ville 发音相近，加上凯瑟琳上句最后说过的 long（想）正好构成朗格维的名字。

> 好似剃刀不露锋芒奇快无比，
> 剃下毫毛最是不费吹灰之力，
> 她们的谈吐超越感知，显得如此机智，
> 她们的想象力无比轻盈，展开双翅，
> 比箭羽、子弹、清风、思想更为迅疾。

罗瑟琳　　别说了姑娘们，停吧，停吧。

俾隆　　天啊，全被她们嘲笑得鼻青脸肿。

国王　　别了，疯女人们，你们头脑简单。

国王、俾隆、朗格维、杜曼及众黑人下

公主　　（众贵女摘下面具）二十个别了，我冷冰冰的莫斯科人。
　　　　这就是受人敬仰的才子？

鲍益　　他们本是明烛，叫您一口香气给吹熄。

罗瑟琳　　他们的才智可真丰肥，俗啊俗，肥啊肥。

公主　　啊，才智低劣，讥嘲蹩脚！
　　　　你们猜他们今晚回去会不会上吊？
　　　　或以后不带面具都不敢出来见人？
　　　　狂妄的俾隆今日是完全手足无措。

罗瑟琳　　他们全被整得狼狈不堪。
　　　　国王想不出妙句应答，都要哭起鼻子来了。

公主　　俾隆光会一顿胡乱发誓。

玛利娅　　杜曼和他的剑都要为我效忠，
　　　　"钝"[1]，我这么说，我的仆人就哑口无言了。

凯瑟琳　　朗格维大人说我占了他的心。
　　　　你猜他管我叫什么？

公主　　是不是叫你"心病"？

1　钝：原文 no point 既可指"刀剑钝"，也可指"一点也不"，即对杜曼的效忠请求予以回绝。

凯瑟琳	是，正是这样。
公主	走开，你若是病症！
罗瑟琳	好吧，戴绒帽的粗人都比这聪明。
	但你们听听？国王他发誓作我的爱人哩。
公主	机敏的俾隆发誓效忠于我。
凯瑟琳	朗格维恨不能一生下来就供我驱使。
玛利娅	杜曼就像树干上的树皮那样妥妥属于我。
鲍益	公主和各位漂亮的姑娘，请听我说，
	他们很快必以真面目再次造访。
	依着他们的性子，受此大辱，
	绝不会善罢甘休。
公主	他们会回来？
鲍益	他们会的，他们会的，上帝知道。
	就算打残了腿，他们还会乐得跳。
	且将信物各归其主，待他们回来，
	你们要像夏日的玫瑰把花蕾打开。
公主	怎么打开？怎么打开？还请明言。
鲍益	美丽的姑娘戴着面具好似玫瑰含苞待放，
	摘掉了面具，娇妍的颜色就一览无余，
	像是天使拨开了云雾，或是玫瑰初绽开。
公主	闲话少叙！他们若以真面目
	前来求爱，我等该如何应对？
罗瑟琳	好公主，依我之见，
	将他们继续戏弄，就像他们乔装时那般。
	同他们诉苦，说是方才有一群蠢汉，
	假扮成莫斯科人的模样，穿着稀奇古怪的衣衫，
	也不知是何方神圣、意欲何为。

	他们演技拙劣，文辞又写得鄙贱，
	他们粗俗的举止那样滑稽可笑，
	他们就这样的跑到我们帐前献宝。
鲍益	姑娘们，进去吧。勇士们近在咫尺。
公主	一鞭赶进帐篷里，好似一群牝鹿蹿过平原。

　　　　　　　　　　公主、罗瑟琳、凯瑟琳与玛利娅下

国王及俾隆、朗格维与杜曼以真面目上

国王	好先生，上帝保佑你！敢问公主殿下何在？
鲍益	殿下进账了。陛下有何谕旨，
	微臣可代为通传。
国王	请她允我一见，有句话要当面同她谈。
鲍益	我答应您，我想她也会答应您，陛下。 　　下
俾隆	此人隽语为食，犹鹦鹉啄粒，
	乔武一给他机会，他就又要卖弄一番。
	他是智慧的小贩，在节日、宴饮、会议
	和市集上零售着他的货物。
	我们却是做批发的大商贾，上帝知道，
	我们不会这般厚颜无耻地大肆炫耀。
	这登徒子拿姑娘们当战利品作了袖扣。
	他若是亚当，倒要反过来把夏娃引诱。
	他最会故作迷人之态且谈吐造作矫揉，
	他不厌其烦地施着吻手礼，吻到手肿。
	他是礼仪的猿猴[1]，衣冠楚楚的先生，
	下起双陆棋来，也要在咒骂骰子时，
	出言礼貌，举止文雅。他会唱歌，最善

1　礼仪的猿猴（the ape of form）：此处指他像猿猴般善于模仿礼仪。

不男不女的中音。而迎宾引座的杂役，

他最是拿手，天下无敌。女人们管他叫甜心，

他不过上个楼，台阶都要亲吻他的脚心。

他是见了谁都满脸堆笑一只花，

笑得龇出鲸鱼骨般白的一口牙。

有良心的人死前会把旧账清算干净，

偿还他的只一句：口舌涂蜜的鲍益。

国王 我期盼他蜜舌上生脓疮，

谁让他把亚马多的侍童玩得晕头转向！

公主、罗瑟琳、玛利娅与凯瑟琳携鲍益上

俾隆 瞧他出来了！文雅的举止，在这疯子鲍益将你展现之前，

你是何面目？如今你却成了何等模样？

国王 万福，亲爱的公主，保佑您今天享个好天气。

公主 我看冰雹漫天[1]可算不上好天气。

国王 请您别误解了我的话。

公主 那你祝福我点好的，我就放过你。

国王 我们此行来访，诚邀您前往宫廷，

还请公主您能屈尊应允。

公主 我得守在这片郊野，好让你守住你的誓言。

上帝和我可都不中意背信弃义的男儿。

国王 别为了您引起的罪孽责备于我。

我如今背弃誓言全是您一双美目惹的祸。

公主 你把淫邪说成是美德，

美德从不唆人违背誓言。

---

1 冰雹漫天（all hail）：国王前一句的 all hail（万福）是打招呼惯用语，其中 hail 可以指"下冰雹"，公主以此揶揄国王。

以我莲不染尘的贞节起誓，
现在我要同你郑重声明，
我宁愿受这人世间的万般苦楚，
也不愿屈尊降贵作你的堂上客。
庄严立誓，神圣无比，
我最恨自己成那毁人誓言的祸根。

国王 啊，您住在这荒鄙之地，冷冷清清，
深闺无人识，门庭可罗雀，让我等好不惭愧。

公主 并非如此，陛下，我发誓绝非如此。
我们在这儿有的是娱乐消遣，
刚刚有一群俄国人才从这儿离去。

国王 什么，公主？俄国人？

公主 是的，千真万确，我的陛下。
都是恭谦有礼的翩翩公子呢。

罗瑟琳 公主，还是照实说吧。可不是这样的，陛下。
我家公主遵照的是这现下的时尚，
所以才出于礼貌作了过分的赞誉。
我等四人确实遇着了四个俄国人，
他们在此逗留了一个小时，
匆匆忙忙地说了许多话，
一个小时里却没一句像样的。
我不敢直接说他们是呆子，不过我想
他们口干舌燥时，呆子也正要寻水喝。

俾隆 这笑话听来干瘪得紧。美丽的可人儿，
您如此才情自会让那聪明人也显得愚笨。
我们若是直视太阳，再明亮的眼睛，
也会被上天炽热的眼神夺去了光明。

因此同您的才富五车相比，

聪明的也显痴傻，富有的也显寒酸。

罗瑟琳　　这是要显示你的聪明和富有，但在我眼里——

俾隆　　我是蠢物，一贫如洗。

罗瑟琳　　但这样一来你还真是名副其实的蠢物，

从我嘴里抢话本就是个错误。

俾隆　　啊，我是你的，我的一切都归你！

罗瑟琳　　整个傻瓜都归我？

俾隆　　这是我能付出的全部。

罗瑟琳　　你那时戴的面具是哪一张？

俾隆　　哪儿？什么时候？什么面具？何来此问？

罗瑟琳　　当地，当时，那张面具；

一张稍漂亮些的假面遮住了较之丑陋的脸。

国王　　（旁白）我们被揭穿了，这回她们可要把我们讥嘲得体无

完肤。

杜曼　　（旁白）我们自己招了吧，把它当成笑话一场。

公主　　惊呆了吗，陛下？你看上去怎么有些伤心？

罗瑟琳　　快来，按住他的太阳穴！陛下要晕过去了！您看上去怎么

这么苍白？我想大概是从俄罗斯过来，受了些风浪。

俾隆　　繁星降下灾祸惩罚背誓的人。

脸皮再是厚如铜，岂好意思强撑犟嘴？

姑娘，我就站在这儿，放马过来吧。

用嘲笑捶打我，用蔑视挫败我，

用尖刻的话刺穿我的无知，

用您敏锐的思想将我切碎。

我再不敢奢望能与您共舞，

再不穿俄国人的服装伺候；

不敢轻信编排好的词句，

更不消说那侍童的笨嘴拙舌；

也不敢戴着面具把爱人探访，

写那情诗来求爱，好似瞎眼竖琴师的歌！

塔夫绸般繁复的辞章，丝缎般奇巧的字句，

堆砌的夸饰，雕琢的造作，

迂腐的辞藻；这些夏季的流蝇

为我产下漫天铺地的蛆仔似的虚饰。

我决意将它们抛弃，在此我郑重宣布，

以此白手套起誓——手多白呀，上帝知道！——

从此以后我要用粗布般实在的语言

向您诉说爱慕之情，是非曲直，不假虚饰。

即刻开始，姑娘——上帝帮助我吧！——

我对您的爱是完完整整的，不杂裂痕和瑕疵。

罗瑟琳　"不杂"[1] 就别杂在这了，我求求你。

俾隆　我这疯症由来已久。

请原谅我，我的病根太重，

容我慢慢除去。且慢，有了，

把"上帝怜悯我们"[2] 写在这三人身上。

他们都染了病，病在心里，

他们患了瘟疫，而你们的眼睛正是病源。

这几位都被传染了，你们也没能幸免，

1　"不杂"：俾隆说好不用矫饰的语言，上句却又用了法语的 sans 来表示 without（不杂），故而罗瑟琳对他进行嘲讽。

2　上帝怜悯我们（Lord have mercy on us）：旧时得了瘟疫的人要在家门口写上这样的字句。

因为在你们身上我看见了他们的疫斑 [1]。

公主 他们把疫斑送给我们，自己就没病了。

俾隆 我们的尊位已丧失。别指望还能对我们做什么。

罗瑟琳 这不可能，若是你们丧失 [2] 了，

怎么还在这里求爱？

俾隆 打住吧！我又没说一定要和你做。

罗瑟琳 我要是能随心所欲，也断不会和你。

俾隆 （对其他贵绅）你们自己来说吧，我是词穷了。

国王 指点我们一下吧，亲爱的公主，

为我们鲁莽的冒犯找个好的托词。

公主 最好就是供认不讳。

你方才是不是伪装来过此地？

国王 回公主，是的。

公主 你当时是否头脑清醒？

国王 是的，美丽的公主。

公主 你在这儿的时候，

在你爱人的耳边低声细语了些什么？

国王 说我爱慕她胜过这世上的一切。

公主 等她要你履践誓言时，你会拒绝她。

国王 我以名誉担保，绝不会。

公主 打住，打住，先别发誓。

你一旦违背过一次誓言，以后违背起来更是不假思索。

国王 我要是毁了这个誓言，您大可以瞧不起我。

公主 我会的，所以你得紧守誓言。——罗瑟琳，

---

1 疫斑：原文 token 既有"疫斑"之义，又可指"信物"，即国王等送给公主和其侍女的信物。

2 丧失：可能指性功能丧失。若是没了性能力，自然没必要追求女人。——译者附注

那个俄罗斯人都在你耳边说了什么悄悄话？

罗瑟琳　　回公主，他发誓要把我当

眼睛那样珍惜爱护，把我看得比全世界

都重要，还说要娶我为妻，

否则就至死做我的情人。

公主　　上帝祝福你寻得佳偶。

陛下金口玉言必当信守承诺。

国王　　公主殿下，此话何意？我拿性命和忠诚保证，

我从没对这位姑娘发过这样的誓言。

罗瑟琳　　苍天在上，您的确发了这样的誓言，

（拿出公主的信物）您还给了我这个作信物。

不过，殿下，您大可再收回去。

国王　　我的誓言和信物都是要交付给公主的。

我凭着她袖子上佩戴的珠宝认出的她。

公主　　不好意思啊，陛下，这珠宝是她戴着的。

俾隆大人呢，我谢谢他，他是我的情郎。——

（拿出罗瑟琳的信物给俾隆）怎么样，你是要我呢，

还是把这珍珠项链拿回去？

俾隆　　都不要，我两个都放弃。

我看穿了你们的诡计。

你们一早知道我们的把戏，串通好了来搅局，

把它变成了圣诞节的喜剧。

肯定有个爱瞎编乱造、谄媚逢迎的下贱奴才在作怪，

这个爱嚼舌根、好吃无功的奸邪小人，

他笑得满脸皱纹，

最懂如何哄姑娘开心。

正是他泄露了我们的计划。

姑娘们事先得了消息，互相交换了信物，

寻着这信物，我们竟只是对着信物求爱。

如今，我们背誓之外又罪加一条，

我们再度背誓，既是有心也属于无意。

大概就是这么一回事。——（对鲍益）会不会就是你

坏了我们的好事，使我们言而无信？

你是不是连公主的脚有多大都一清二楚，

可以和她随随便便地有说有笑？

你还能站在她背后的炉火前 [1]，

端着盘子，快活地讲着笑话？

你搞得我们的侍童讲不出来话来，行，算你有本事。

随你什么时候死，女式衬衫给你作尸衣。

你斜着眼看我干什么？

你这眼睛跟钝刀似的伤不了人。

鲍益　　好一段疾驰的言说，马力全开，好不欢乐。

俾隆　　瞧，他挺着枪来了。打住！我讲完了。

乡巴佬考斯塔德上

欢迎，真正的聪明人。你调停了一场恶战。

考斯塔德　　主啊，先生，他们想知道

那三个名人要不要进来。

俾隆　　什么，他们只有三个人？

考斯塔德　　不，全都齐了，

他们每个人都分饰三角。

俾隆　　三三得九。

考斯塔德　　不是的，先生——得纠正，先生——我想不是这样的。

1　stand（站）或有"阳具勃起"的双关义，而 fire（火）也可暗指"欲火"。

	您不能拿我们当傻子，先生，我跟您保证，
	先生，我们心里有数。
	我想，先生，三乘以三，先生——
俾隆	不是九？
考斯塔德	需要纠正，先生，我们知道总数是多少。
俾隆	乔武作证，我一直算的都是三三得九啊。
考斯塔德	主啊，先生，您若是以计算为生可就惨了。
俾隆	到底多少？
考斯塔德	主啊，先生，那帮人他们自己，演员们，先生，会显示出来总共多少人。至于我嘛，他们说我这样卑贱的人演一个就行：庞培大帅，先生。
俾隆	你演的是这九大名人中的一位吗？
考斯塔德	他们认为我能演庞培大帅。我自己可不知道名人是什么等级，但我会扮演他。
俾隆	去吧。叫他们准备。
考斯塔德	我们会演好的，先生，我们会多加注意。　　　　　　下
国王	俾隆，他们会让我们丢脸，别让他们来了。
俾隆	我们还有什么脸可以丢的，陛下，演一场 比国王及其侍臣还拙劣的戏，也不失为一条妙计。
国王	我说不要叫他们来。
公主	不，我的陛下，这回让我来做主吧。 越是不知道如何娱人的戏越是讨人欢喜， 相反越是热切卖力想要演好， 主旨意义却在这热切中消弭。 伟大计划一开始就已是泡影， 戏演砸了反倒叫人忍俊不禁。
俾隆	（对国王）这说的正是我们那出戏啊，陛下。

自大者亚马多上

亚马多　　涂油加冕的圣上，我恳求您微吐兰芷之气，一开金口吐露一双言语。（与国王一旁交谈）

公主　　这人难道也是信上帝的吗？

俾隆　　殿下为何这么问？

公主　　他说起话来不像是上帝的造物。

亚马多　　对我来说都一样，我圣明的、亲爱的、甜蜜的君王，在此，我要言明，那位塾师怪诞得要命，太过虚妄，太过虚妄。但我俩打算，按他们说的，打一战摆平此事。（递给国王一纸，国王浏览）祝您二位能神安气定，这天底下最最尊贵的一对璧人。　　　　　　　　　　　　　　　　　　下

国王　　看来要有一场九大名人的好戏上演。他饰演特洛伊的赫克托耳，乡巴佬演庞培大帅，牧师扮演亚历山大，亚马多的侍童演赫剌克勒斯，塾师就演犹大·马加比。

　　　　　　（念）"若是这四大名人在第一场戏里大获全胜，

　　　　　　　他四人就会换了戏服把那另外五位上演。"

俾隆　　第一场应该是五个。

国王　　你搞错了，不是这样。

俾隆　　塾师，自大者，乡巴牧师，呆子和童子——

　　　　　除了幸运的骰子能投出这个数，

　　　　　世上再找不出这样五个人来。[1]

国王　　船已扬帆，乘风而来。

考斯塔德扮庞培上

考斯塔德　　我是庞培——

俾隆　　你胡说，你才不是他。

1　在一种赌博游戏里，骰子掷出五点算九点，而此处恰好要用五个人来演九个人。

考斯塔德	我是庞培——
鲍益	膝盖上有个豹子头。[1]
俾隆	说得好，老毒舌，我真得和你交朋友。
考斯塔德	我是庞培，人称我"大个的——"
杜曼	是"大帅"。
考斯塔德	是"大帅"，先生——

人称我"庞培大帅"，

常年里，四处征战，

手持圆盾舍我其谁，

管叫敌寇胆战心寒。

我此番沿着海岸而来，恰经此地，且将这武器

往这位法兰西妙龄美人的腿跟前放一放。——

（对公主）姑娘若愿意说，"谢谢庞培"，我就齐活完事。

公主	大谢了，伟大的庞培。
考斯塔德	这不算什么，但愿我没记错台词。

我应该只是在"大帅"这儿犯了小小的错。

俾隆	我拿帽子打赌，庞培是最好的名人。

牧师纳森聂尔扮亚历山大上

纳森聂尔	昔我在世之日，我乃天下之王，

东西南北，皆我王土，威名远扬，震慑八方。

以此盾牌为证，我乃亚历山大。

鲍益	你的鼻子哼了个不，你不是，因为鼻子太直。
俾隆	你的鼻子连"不"都嗅的出来，真是最善闻香的骑士。[2]

1　豹子头可能是庞培道具盾牌上的纹饰。——原注；或因考斯塔德摔倒以盾支身而被发现。——译者附注

2　据传亚历山大体生芳香，俾隆此句暗示鲍益从纳森聂尔的体味闻出他不是亚历山大。

公主	征服者恼了。——继续吧，好亚历山大。
纳森聂尔	昔我在世之日，我乃天下之王——
鲍益	诚然如此，您确系天下之王，亚历山大。
俾隆	庞培大帅——
考斯塔德	您的仆人，考斯塔德在此。
俾隆	把这征服者拉下去，把亚历山大拉下去。
考斯塔德	（对纳森聂尔）啊，先生，您推翻了亚历山大。你会因此被从画布上抹掉。[1]你那只持板斧、蹲便桶的狮子会送给埃阿斯[2]，他会成为这第九位名人。这征服者不敢出声了？如此丢人，赶紧逃跑，亚历山大。（纳森聂尔退后）各位看官见笑了，一个愚蠢温和的老实人，你们瞧，这么快就泄了气。他是个好邻居，事实上，还是滚球的好手。但要演亚历山大，唉，你们也看见了——有点难以胜任。不过，咱们还有几位名人上场，且看他们有何新鲜花样。
公主	站到一旁，好庞培。

考斯塔德下

塾师霍罗福尼斯扮犹大、侍童毛子扮赫剌克勒斯上

霍罗福尼斯	伟大的赫剌克勒斯由这小鬼饰演，
	他曾一棒打死刻耳柏洛斯，那条冥府三只脑袋的看门狗。
	在他还是个婴儿、小孩、小虾米的时候，
	就徒手将两条巨蛇掐得一命呜呼。
	因为他看上去太没有名人的身姿，
	我在此特作了上面一番交代解释。——
	（对毛子）退场时保持威武，下去吧。

侍童毛子下

我是犹大——

---

1 九大名人常入画，并悬挂起来。

2 埃阿斯（Ajax）：系希腊神话里的英雄，与 a jakes（茅房）音近，故有此戏谑语。

杜曼	叛徒犹大！
霍罗福尼斯	不是加略人犹大 [1]，先生。
	我是犹大，姓马加比。
杜曼	犹大·马加比简称 [2] 便是犹大。
俾隆	以拥吻出卖耶稣的叛徒，还说你不是犹大？
霍罗福尼斯	我是犹大——
杜曼	更替你羞耻，犹大。
霍罗福尼斯	您这是什么意思，先生？
鲍益	让犹大上吊自尽去吧。
霍罗福尼斯	要死您先请，先生，您可比我岁数大。
俾隆	接得好，犹大就是吊死在接骨木 [3] 上的。
霍罗福尼斯	我可不能丢了面子。
俾隆	因为你本来就没有脸面。
霍罗福尼斯	（指着自己的脸）这是什么？
鲍益	这是西滕琴 [4] 把上的怪脑袋。
杜曼	发簪的头。
俾隆	戒指上的骷髅头。
朗格维	罗马古币上磨花了的脸。
鲍益	凯撒的剑把。
杜曼	火药罐上骨雕的脸。
俾隆	别针上圣乔治 [5] 的侧脸。

1　加略人犹大（Judas Iscariot）：原为耶稣十二使徒之一，后将犹大出卖。
2　clipped 既有"简称"之义，又有"拥抱"之义。
3　接骨木：原文 elder 既有"年长"之义，又有"接骨木"之义。俾隆在此玩了个文字游戏，故作此应答。
4　西滕琴（cittern）：类似吉他的琴，琴把上刻有形状奇怪的头。
5　圣乔治（Saint George）：基督教殉道者，英格兰的主保圣人。——译者附注

杜曼	是的，还是铅制的别针。
俾隆	是的，戴在拔牙人的帽子上。[1]
	现在你继续演吧，我们给足你脸啦。
霍罗福尼斯	你们让我很没面子。
俾隆	胡说，我们给了你很多张脸了。
霍罗福尼斯	但你又让他们把我的脸给丢尽了。
俾隆	你要是头雄狮，我们可能会这么干。[2]
鲍益	所以说，既然他只是头驴，就放他走。
	再会了，亲爱的犹！咄，怎么还不走？
杜曼	在等你说他名字的后半截呢。
俾隆	等着犹后面的驴吗？给他：犹——大[3]，去！
霍罗福尼斯	这一点也不高尚、不文雅、不谦逊。
鲍益	（霍罗福尼斯退后）给犹大先生点盏灯，天要黑了，他可能 会摔着。
公主	哎呀，可怜的马加比，他被折磨得好惨！

自大者亚马多扮赫克托耳上

俾隆	掩护头，阿喀琉斯[4]。赫克托耳披战甲而来。
杜曼	就算讥嘲落回我身上，现在我还是要快活自得。
国王	赫克托耳和他一比也就只是个特洛伊人而已。
鲍益	但这是赫克托耳吗？
国王	我想赫克托耳不会长得这么标致健美。
朗格维	他的腿比赫克托耳粗太多。

1 旧时行商小贩佩戴铅制别针来区分各自的行业。
2 伊索寓言里有头驴披着狮子皮装成狮子吓唬别的动物，后来因为叫声被狐狸揭穿了身份。
3 犹大的名字 Judas 的后半部分 as 和 ass（驴）相似，ass 也有"屁股"的意思。
4 阿喀琉斯（Achilles）：特洛伊战争中希腊联军最著名的英雄，赫克托耳的死敌。此处阿喀琉斯暗指杜曼，赫克托耳则指亚马多。

杜曼	小腿更粗，毫无疑问。
鲍益	不，最粗的还是小腿肚子。
俾隆	这肯定不是赫克托耳。
杜曼	他要么是神，要么是画师，看他做了这些个怪相。
亚马多	孔武有力的战神玛尔斯[1]，手持所向无敌的长枪，
	赐礼于赫克托耳——
杜曼	一颗裹金的肉豆蔻[2]。
俾隆	一只柠檬[3]。
朗格维	插满了丁香。
杜曼	不，劈开成双[4]。
亚马多	孔武有力的战神玛尔斯，手持所向无敌的长枪，
	赐礼于赫克托耳，伊利昂[5]的王储；
	体魄如此健美，自是能征善战，
	冲出大帐之外，清晨杀到夜晚。
	我就是一只花——
杜曼	那是薄荷花。
朗格维	那是耧斗花。
亚马多	亲爱的朗格维大人，勒住您的舌头吧。
朗格维	我倒想让它脱缰而去，它可是朝着赫克托耳冲过去的。
杜曼	是啊，赫克托耳跑得快着呢，像只猎狗。

1　玛尔斯（Mars）：罗马神话中的战神。——译者附注
2　裹金的肉豆蔻：原文 gilt nutmeg，可指自命不凡的蠢货，旧时常为情人间互相馈赠的礼物。——译者附注
3　柠檬：原文 lemon 与 leman（情妇）音形相似。
4　劈开成双：原文 cloven 有性暗示，可联想上文的 lemon（柠檬）与 leman（情妇）的双关用法。
5　伊利昂（Ilion）：希腊语，指特洛伊。

| 亚马多 | 这可人的战雄，已是人死骨烂。好人儿，休要鞭尸唾骨。此人在世之时，算得一条好汉。我还是继续表演。（对公主）亲爱的公主殿下，恭请您俯赐垂听。 |

考斯塔德上前

公主	说吧，勇敢的赫克托耳，我等很有兴致。
亚马多	我爱慕殿下您的纤履拖鞋。
鲍益	（旁白。对杜曼）爱她的纤足[1]。
杜曼	（旁白。对鲍益）不能按码[2]来爱。
亚马多	这个赫克托耳远超汉尼拔[3]。 可惜，斯人已逝。
考斯塔德	赫克托耳老兄，她怀孕[4]了。怀了两个月了。
亚马多	你此话何意？
考斯塔德	真的，除非你做个诚实的特洛伊人，要不这可怜的姑娘算是毁了。她怀孕了，孩子都在她肚子里吹起牛了。是你的。
亚马多	你胆敢在一众王贵面前折辱于我？你必死无疑。
考斯塔德	那赫克托耳就要为让杰奎妮姐怀孕而受鞭刑，还要因为杀死了庞培[5]而被绞死。
杜曼	天下无双的庞培。
鲍益	举世闻名的庞培。
俾隆	比伟大的、伟大的、伟大的、伟大的庞培还要伟大！巨大

---

1 纤足：原文 foot 指"脚"，也可指测量单位，即"尺"。

2 码：原文 yard 既是测量单位"码"，又暗指"阳具"。

3 即汉尼拔·巴卡（Hannibal Barca），北非古国迦太基名将，军事家，是欧洲历史上最伟大的军事统帅之一。——译者附注

4 怀孕：原文 is gone 可指人死了，也可指女人怀孕。此处指杰奎妮姐怀孕。

5 亚马多扬言要考斯塔德去死，而考斯塔德饰演的是庞培。因而，如果亚马多把考斯塔德杀了，就等于杀死了庞培。

的庞培！

杜曼	赫克托耳颤抖了。
俾隆	庞培动火了。再烧旺点[1]，再烧旺点！激怒他们干一仗。
杜曼	赫克托耳会向他宣战。
俾隆	是的，即使他肚子里的男儿热血还不够喂饱一只跳蚤。
亚马多	以北极起誓，我要与你决斗。
考斯塔德	我才不学北方佬拿杆子打仗，我得拿剑砍。我请你让我再借铠甲一穿[2]。
杜曼	给动火的名人挪开地方。
考斯塔德	我就穿衬衫跟你打得了。
杜曼	最果决的庞培！
毛子	（对亚马多）主人，让我替您解开扣子[3]吧。您没看见这庞培正脱衣服准备干仗呢？您这什么意思？[4]您会失了名誉。
亚马多	先生们，兵士们，原谅我吧。我不会穿着衬衣战斗。
杜曼	你不能拒绝。庞培已经提出挑战了。
亚马多	亲爱的勇士们，我既能也将拒绝。
俾隆	你有什么理由？
亚马多	赤裸裸的真相就是，我压根儿没穿衬衫。我为了忏悔，贴身穿的毛衣。
鲍益	的确，他也是迫不得已，在罗马时，城里缺麻布。从那时起，我发誓他就只穿杰奎妮姐的一块洗碗布，还贴着胸口穿，权当是信物。

1　烧旺点：原文 Ate（阿忒）为罗马神话里的复仇女神，more Ates 即指挑起更大的怒火。

2　即再把庞培当年穿的铠甲穿上。

3　替您解开扣子：原文 take you a buttonhole lower 亦有"羞辱你"之义。

4　亚马多可能拒绝毛子帮他解扣子。——译者附注

使者马凯德先生上

马凯德	上帝保佑您，公主殿下！
公主	欢迎，马凯德。
	不过，你搅了我们的兴致。
马凯德	抱歉，殿下，消息沉重，实难开口。您的父王他——
公主	死了，我的天！
马凯德	正是，您替我说了。
俾隆	名人们，都退下！场面开始聚集乌云。
亚马多	对我来说，倒是松了口气。今日表现太差，我心知肚明。
	我要像个军人那样重新证明自己。 名人们下
国王	公主殿下您还好吧？
公主	鲍益，去准备。我今晚动身。
国王	公主，别这么急。我请求您，留下吧。
公主	我说了，准备走。我谢谢你们，贵人们，
	承蒙诸位盛情款待，
	现以新丧悲痛之灵，
	恳请诸君睿哲玄览
	宽宥包涵我等的任性放肆。
	如我等言语多有冒犯失礼，
	也全因着诸君的仁厚知礼。
	再会了，伟大的君王！
	心情沉郁实在难有巧舌如簧，
	望君因之恕我这厢难达谢意，
	轻易就应允了我的不情之请。
国王	时间紧迫最是提高效率，
	正所谓箭在弦上不得不发，
	最是千钧一发之际的决断

往往胜过深思熟虑的结论。

虽您重孝在身，深锁愁眉，

拒斥我因爱春风含笑，

慕慕以求神圣的婚配，

但既然迈上这求爱之路，

莫让愁云阻了爱的初衷。

与其哀悼故去的亲朋，

不如与新交把盏言欢，

更有益您身心的康泰。

公主　　我无法理解您的意思，更是平添了一份悲哀。

俾隆　　诚朴的语言最宜入悲伤之耳，

且借这番平实的话理解王上的心意。

我等为了诸位美人不仅将光阴虚掷，

更是将我等的誓约背弃。

姑娘们，你们的美貌让我们面目全非，

甚至让我们的行为也与初衷背道而驰。

爱情充满了不适宜的激情与冲动，

我们的言行举止也因此荒谬不羁，

一个个像孩子般那样的懵懂任性。

爱情生于眼睛，自然和眼睛一样，

目光所及满是光怪陆离，

爱情所遇也是形形色色，

各人之所得也自然各异。

我等情难自已披上小丑的五彩衣，

若你们天仙般的妙目将此视作

有违誓约、有损尊严的轻狂举止，

需知正是看到我等错误的天仙般的眼，

誘使我们犯下了此等过错。

因此，姑娘们，我们的爱属于你们，

为爱犯下的错失也要算到你们头上。

我们自己确实是做了错事，这一次的不忠

却为永远效忠你们——左右我等忠心的美妙女郎。

那背誓本身自是罪孽，

却得以净化作了神圣。

公主　　我们收到了你们满是爱意的情书。

还有你们的信物，那爱情的使者。

咱们姐妹理事会对它们的评估却是

殷勤讨好、酬酢调笑、逢场作戏，

好比做针线般，只为解闷打发时间。

而我们姐妹这边呢，自然也没把此事

看得严肃认真，才按着你们的方式

对这示爱作此回应，只当一场儿戏。

杜曼　　公主殿下，我们情书可不仅仅是调笑。

朗格维　我们脸上的表情也不像啊。

罗瑟琳　我们可不这么看。

国王　　现在到了最后的时刻了，

把你们的爱赐予我们吧。

公主　　我认为在这么短的时间里

要缔结这天长地久的买卖太过仓促。

不，不，陛下，您最善背誓，

满身罪孽，因而是这个样子。

虽您并不爱我，但如果您真为了

爱我可以赴汤蹈火，那请为我做这件事。

您的誓言我是不能信的，速速寻个

　　　　　　远僻荒凉的隐居去处，

　　　　　　远离尘世的种种欢娱，

　　　　　　在那待到黄道十二宫

　　　　　　完成它们一年的运行。

　　　　　　若这清冷孤寂的生活，

　　　　　　未改您热血沸腾时的邀约；

　　　　　　若是严霜斋戒，陋室单衣，

　　　　　　都未摧残您爱的灿烂花朵，

　　　　　　经住了考验，保住了爱情，

　　　　　　那么请在这一年期满之际，

　　　　　　以此履约之行向我旧事重提。

　　　　　　（把手递给他）我以少女之手与您相握为誓，

　　　　　　届时我当遂君所愿委身于您。

　　　　　　而在那一时刻到来之前，

　　　　　　我将幽闭在悼亡的屋宇，

　　　　　　终日以泪洗面追思亡父。

　　　　　　您若拒绝这一提议，我俩就此分手，

　　　　　　再无瓜葛，对方的心也不为彼此所属。

国王　　若我为图一时身心安逸，

　　　　　　拒绝您这一或更高的要求，

　　　　　　就让死神的手合上我眼睛！

　　　　　　从今天起就隐居，然后——我的心就属于你。

俾隆　　// 对我有什么话说，我的爱？对我有什么话说？ //[1]

罗瑟琳　// 你也有待涤净，你的罪孽不轻，//

　　　　　　// 你被错失和背誓玷污。//

1　以下双斜线内的六行疑为下文俾隆和罗瑟琳对话的初稿，演出时应当删去。

	// 所以，你要是想得到我的青睐，//
	// 这十二个月你得不停不休地，//
	// 侍奉在病人们令人疲倦的病榻前。//
杜曼	但对我有何话说，我的爱？对我有何话说？
凯瑟琳	妻子？胡子，健康和诚实，
	我以三倍的爱祝你拥有如上三样。
杜曼	啊，我是不是该说"谢谢你，我温良的妻"？
凯瑟琳	不是这样，大人。在这十二个月零一天，
	我不会理会任何白面小生的求爱。
	当国王来寻公主殿下时你也前来，
	那时我若有许多爱，就赐你一些。
杜曼	我必为你忠贞不渝只待约期。
凯瑟琳	别发誓了，免得你又背誓。
朗格维	玛利娅要说些什么？
玛利娅	十二个月期满之时，
	我会为我忠实的爱人换下黑袍。
朗格维	我会耐心等待，可这时间真长。
玛利娅	你也一样，个高[1]而年少之人可不多。
俾隆	想什么呢，我的爱？小姐，抬眼看看我。
	看看我心灵的窗户，我的眼睛，
	多么谦逊的求爱只等你的答复。
	吩咐我做点什么来赢取你的爱。
罗瑟琳	久仰大名啊，我的俾隆大人，
	未见之前，世间众口都称你是个
	整日里嬉笑怒骂，借题嘲讽，

1　个高：朗格维（Longaville）的名字里有 long（长），与 tall（高）意思相近，故作此戏谑语。

尖酸刻薄，恶语伤人的主儿。
且不论对方是怎样的身份，
只要是落入你的聪明才智内，
都免不了被你好一番戏弄。
为把这苦艾从你肥沃的脑田里连根拔起，
并随之赢得我的爱，若你确有此意，
你得在这十二月的期限内日复一日寻访
无言的病人，且不断与呻吟的可怜人交流，
你的任务就是竭尽全力开动你的智慧，
让这些受苦受难的人们可以一展笑颜。
如若不然，我的芳心可实难被你赢取。

俾隆　　要让将死之人开口大笑？
这可办不到，完全不可能，
欢笑无法打动苦难的心灵。

罗瑟琳　唉，这个法子专治刻薄贫嘴之人，
浅薄爱笑的听众给这傻子些赏识，
就让他自鸣得意而愈演愈烈。
笑话的成功与否在于听者的耳朵
不在说者的舌头。
因而，若被自己病痛呻吟
震得要失聪的病人
肯听你无聊的笑话，就继续说，
我会连你和你的缺点一并接受。
若他们不肯听，就得改了这毛病，
我若能见你完全没了这恶习，
定当为你的面目一新而欣喜。

俾隆　　十二个月？好，该怎样就怎样，

我就在医院里说一年的笑话。

公主　　（对国王）好了，我亲爱的陛下，我就此告别了。

国王　　不，公主，我们送您一程。

俾隆　　我们的求爱还没个旧戏的结局[1]，

才子未能配佳人。姑娘们若是赏脸，

大可让我们的节目以喜剧收场。

国王　　算了，先生，不过是十二个月零一天，

然后就能圆满收场了。

俾隆　　这对一出戏来说可太久了。

自大者亚马多上

亚马多　　（对国王）亲爱的陛下，请允许我——

公主　　这不是赫克托耳吗？

杜曼　　特洛伊伟大的骑士。

亚马多　　（对公主）我愿亲吻您的御指告退。我是立了誓的人，我答应杰奎妮妲荷锄三载以赢得她甜蜜的爱——（对国王）但现在最尊敬的陛下，您可愿听一下两位饱学之士所撰之赞美鸥鹆和布谷的对话？本该是要接着我们这出戏上演的。

国王　　速速喊他们上台，我们要听。

亚马多　　喂！上来吧。

霍罗福尼斯、纳森聂尔、毛子、考斯塔德、杰奎妮妲及其他人上，分两组站

这边唱冬天。这边唱春天。鸥鹆为冬天来开嗓，

布谷鸟作春天的代唱。春天先开始吧。

春天一组　　（唱歌）

雏菊儿缤纷，草桂花幽蓝，

猫爪草的花朵被蕊黄尽染，

1　旧时戏剧表演会以一出喜剧作为结局。——译者附注

酢浆草遍地里素裹着银衫，
整个草场绘得是一片欣欢，
这时每株树上的布谷开嗓，
讥嘲已婚之男，它这么唱：
"布谷[1]，
布谷，布谷。"啊，可怖之言，
做丈夫的真个是入耳难堪。

牧羊人麦秆笛曲声悠扬，
云雀儿欢快叫醒庄稼汉，
斑鸠配成双寒鸦交尾忙，
姑娘们浣洗夏季的薄裳，
这时每株树上的布谷开嗓，
讥嘲已婚之男，它这么唱：
"布谷，
布谷，布谷。"啊，可怖之言，
做丈夫的真个是入耳难堪。

冬天一组　（唱）

根根冰棱柱墙外吊分明，
牧羊人迪克呵气暖手心，
汤姆搬着木柴往堂屋进，
牛奶运回家桶里结成冰，
道路泥泞，热血儿凝僵。
这时鸱鸮瞪大眼，夜夜开唱：

1　布谷：原文 cuckoo 音似 cuckold（有不贞妻子的男人），暗指被戴绿帽子者。另，布谷鸟性喜侵占其他鸟类巢穴哺育后代。

"嘟呚，嘟呼呜。"
明快的曲调。
胖琼娘彼时确把热锅搅。

北风呼啸过刮得是漫天响，
咳嗽声淹没了牧师箴言良，
鸟禽卧孵卵，抱窝雪地上，
玛丽安的鼻头冻得红又糙，
烤山楂在麦芽酒碗里嗤嗤响，
这时鸱鸮瞪大眼，夜夜开唱：
"嘟呚，嘟呼呜。"
明快的曲调。
胖琼娘彼时确把热锅搅。

亚马多 听罢阿波罗天籁乐音，墨丘利[1]的言语显得粗糙刺耳。你等
那边下台；我等这边退场。 分头下

---

1 墨丘利（Mercury）：罗马神话中的众神使者。——原注；此处"墨丘利的言语"暗指霍罗福尼斯和纳森聂尔有关鸱鸮和布谷的学术对话。——译者附注